八丁堀剣客同心

鳥羽亮

時代小説文庫

角川春樹事務所

目次

夕映えの剣

八丁堀剣客同心

第一章　捕物

1

深川今川町。仙台堀沿いの通りは、淡い暮色につつまれていた。暮れ六ツ（午後六時）を過ぎて、小半刻《こはんとき》（三十分）は経《た》とうか。通り沿いの表店《おもてだな》は大戸をしめ、ひっそりとしていた。通りかかる人影もまばらである。すこし風があった。仙台堀の水面《みなも》が揺れ、汀《みぎわ》に寄せるさざ波の音が絶え間なく聞こえてくる。

仙台堀にかかる上ノ橋から一町ほど離れた堀沿いに、板塀をめぐらせた仕舞屋《しもたや》があった。借家であろうか。だいぶ古い家である。

堀沿いの柳の樹陰や板塀の陰、すこし離れた船寄につづく石段の陰などに、ひとり、ふたりと男が身を隠すようにして立っていた。いずれも町人で、着物を裾高に尻っ端《しりっぱし》折《よ》りし、股引《ももひき》姿の者が多かった。なかには手甲脚半の草鞋《わらじ》履きで、足元をかためてい

る者もいた。男たちは何かを待っているらしく、ときどき上ノ橋の方へ目をやってい
る。
そのとき、上ノ橋のたもとに十数人の男たちの集団が見えた。先頭にたったふたり
の武士が、十人余の町人を引き連れている。
男たちの集団は上ノ橋のたもとから仙台堀沿いの通りに入り、男たちの待っている
方へ足早にやってきた。
「八丁堀《はっちょうぼり》の旦那《だんな》だ!」
柳の樹陰にいた稲造《いなぞう》という男が、声を殺して言った。この男は、今川町界隈《かいわい》を縄張
にしている岡っ引きである。
ふたりの武士は、黄八丈《きはちじょう》の小袖を着流し、黒羽織の裾を帯に挟む巻き羽織と呼ばれ
る八丁堀同心独特の格好をしていた。それで、遠目にも八丁堀同心と知れたのだ。
ふたりは、南町奉行所、定廻《じょうまわ》り同心の天野《あまの》玄次《げんじ》郎《ろう》と関口《せきぐち》洋之助《ようのすけ》だった。引き連れて
いるのは、捕方たちである。捕方といっても、巡視のときに引き連れている小者、岡
っ引き、下っ引きたちで、捕物装束に身をかためている者はいなかった。天野と関口
も巡視のときの格好で、捕物出役装束ではない。
天野と関口が仕舞屋に近付くと、稲造をはじめ、樹陰や板塀の陰などに身を隠して

いた男たちが足音を忍ばせて集まってきた。いずれもけわしい顔をし、目をひからせていた。身を隠していた男たちも、岡っ引きや下っ引きたちであった。

「稲造、小田切《おだぎり》は隠れ家にいるな」

関口が声をひそめて訊《き》いた。稲造は、関口に手札をもらっていたのである。

「おりやす」

稲造が小声で答えた。

小田切源五郎《げんごろう》は牢人《ろうにん》だった。小田切はふたりの仲間とともに、二月《ふたつき》ほど前に深川佐《さ》賀町《がちよう》にある材木問屋、島倉屋《しまくらや》を些細なことで脅し、五十両ほどの金を強請《ゆす》ったのだ。

関口の手先たちが小田切が首謀者らしいと嗅ぎ付け、身辺を洗い、この仕舞屋が隠れ家であることを突きとめたのである。

関口と天野は、小田切を捕らえるために、捕方たちを引き連れて出張ってきたのだ。

「小田切ひとりか」

関口が訊いた。

「二、三人いるようですぜ。家のなかで、声がしやした」

稲造が板塀に身を寄せて、家のなかの話し声を聞いたことを言い添えた。

「小田切の仲間がいるのかもしれねえな」

関口は思案するように虚空に視線をとめたが、

「なに、こっちには、天野もいるし、捕手が二十人ほどもいるんだ。取り逃がすようなことはねえだろう」

関口が天野に顔をむけて言った。武士とは思えない伝法《でんぽう》な物言いである。定廻り同心は市中見まわりのさい、遊び人や地まわりなどと接する機会が多く、どうしても言葉遣いが乱暴になるのだ。

関口は二十八歳、天野よりひとつ年上だった。関口は自分の手先を使って、ひとりで小田切を捕らえるつもりだったが、小田切が牢人だったこともあり、念のために天野の手を借りることにしたのである。

「関口さん、やりましょう」

天野がうなずいた。天野も、小田切を捕らえるのに十分な人数だと思ったのである。それに、今日、小田切を捕らえなければ、町方が隠れ家をつきとめたことに気付いて姿を消してしまうだろう。

「稲造、小田切といっしょにいるのは、島倉屋を強請った仲間か」

関口が稲造に訊いた。仲間なら、ここで小田切といっしょに捕縛できると思ったのかもしれない。

「それが、はっきりしねえんでさァ。……ひとりだけ、遊び人ふうの男が家に入《へえ》っていくのを見やした」

稲造が首をかしげながら言った。

「いずれにしろ、たたけば埃《ほこり》の出るやつらだろうよ」

関口が辺りに目をやって言った。

仙台堀沿いの道は、夕闇《ゆうやみ》につつまれていた。上空も藍色《あいいろ》を帯び、星のまたたきも見られた。これ以上遅くなれば、家のなかが暗くなり、肝心の小田切を捕縛するのがむずかしくなる。

ときおり、堀沿いの道を通りかかる者がいたが、集まっている男の姿を目にすると、捕物と気付いて怯《おび》えたような顔をして足早に遠ざかっていく。いつまでも、躊躇《ちゅうちょ》しているわけにはいかなかった。

「行くぞ！」

関口が小声で言って、手を振った。捕方の指揮をとるのは、関口である。

関口と天野を先頭にし、捕方たちは足音を忍ばせて仕舞屋に近付き、路傍の樹陰や板塀の陰に身を寄せて家の様子をうかがった。

板塀の隙間《すきま》から覗くと、障子《しょうじ》が明らんでいるのが見えた。かすかにくぐもったような話し声が聞こえたが、男の声と分かるだけで、何を話しているのか聞き取れなかった。

家の出入り口は、二か所ありそうだった。正面の戸口と裏手である。窓の障子をあければ、板塀との間の空き地に飛び下りられるが、人がひとり通れるだけの隙間しかなかった。空き地に下りても、正面か裏手にまわらなければ、逃げられないだろう。

「天野、裏手へまわってくれ」

関口が言った。

「承知」

天野がうなずいた。

すぐに、捕方たちが二手に分かれた。関口のそばに十数人。天野のそばに八人の男が集まった。いずれもけわしい顔をし、十手《じって》や捕り縄を手にしている。

関口隊は家の正面にまわり、天野隊は板塀沿いを裏手にまわって裏口をかためるのである。

天野たちは足音を忍ばせて、裏手にまわった。板塀沿いは雑草におおわれていたが、人が行き来するらしく、地面が踏み固められていた。

裏手に、ちいさな枝折《しお》り戸があった。そこから、裏の路地に出られるようになっている。

天野たちは、枝折り戸をおして、敷地のなかに入った。すぐ前が裏口になっていて、板戸がしめてあった。

「旦那、あきやすぜ」

小者の与之助《よのすけ》が引き戸に手をかけて言った。まだ、戸締まりはしてないらしい。引き戸のなかは、台所であろうか。人声も物音も聞こえなかったが、戸の隙間からかすかな灯《ひ》が洩れていた。

与之助が引き戸をあけようとするのを、

「待て」

と言って、天野がとめた。

「関口さんたちが、踏み込んでからだ」

天野は、表から関口たちの踏み込む音が、聞こえてから侵入するつもりだった。

2

「あけろ！」

関口が稲造に声をかけた。

「へい」

すぐに、稲造が戸口の引き戸をあけた。

なかは薄暗かった。敷居につづいて土間があり、その先が狭い板敷きの間になっている。板敷きの間の先に障子がたててあり、灯の色があった。行灯《あんどん》らしい。そこが座敷になっているようだ。

「小田切源五郎、顔を見せろ！」

関口が土間に踏み込んで声を上げた。朱房の十手を手にしている。

関口につづいて、捕方たちが次々に踏み込んできた。土間だけでなく、草鞋履きのまま板敷きの間に踏み込んだ者もいる。いずれも血走った目をし、十手を障子の方にむけていた。

すぐに、障子の先で人の立ち上がる気配がし、畳を踏む足音が聞こえた。

ガラリ、と障子があいた。

姿を見せたのは、大柄な男だった。総髪で、赭黒《あかぐろ》い顔をしていた。小袖に袴《はかま》姿で、黒鞘《くろさや》の大刀を手にしていた。牢人のようである。

「小田切だ！」

稲造が声を上げた。

小田切だけではなかった。姿は見えなかったが、障子にふたつの人影が映っていた。小田切の左右にいるらしい。

「八丁堀か！」

小田切が、ギョロリとした目で関口を睨《にら》みながら言った。

「小田切、神妙に縛につけい！」

関口が十手をむけて声を上げた。

すると、土間や板敷きの間にいた捕方たちが、御用！　御用！　と口々に声を上げ、十手をむけて身構えた。

そのとき、小田切の左右の障子が大きくひらき、左右に立っていた男が姿を見せた。

ふたりとも武士だった。小袖に袴姿で二刀を帯びている。右手に丸顔で目の細い中背の男が立ち、左手に鼻梁《びりょう》が高く頤《おとがい》の張った長身の男が立った。

ふたりは抜き身を引っ提げていた。座敷の隅にある行灯の灯が刀身に映じて、にぶい火の色をはなっている。

ふたりとも牢人ではないだろう。御家人か、江戸勤番の藩士といった感じがした。

「うぬら、小田切の仲間か！」

関口が誰何《すいか》した。声が上ずっていた。小田切とともにあらわれたふたりの武士に、異様な威圧を感じたのである。

「八丁堀同心か。死にたくなかったら、おとなしく帰れ」

鼻梁の高い男が低い声で言った。口元に嘲笑《ちょうしょう》が浮いている。

「なに！」

関口の顔がゆがんだ。武士の嘲笑と小馬鹿にしたような物言いで、胸に怒りが衝き上げてきたのである。

「八丁堀などの出る幕ではない。帰れ、帰れ」

小田切が薄笑いを浮かべて言った。

関口が憤怒の顔で、

「捕れ！」

と、叫んだ。

すると、捕方たちから、「御用だ！」「神妙にしろ！」「お上に逆らう気か！」などという声が飛んだ。だが、なかなか踏み込めない。捕方たちの顔はこわばり、腰は引けていた。三人の武士を恐れていたのだ。

このとき、天野は裏口の引き戸の前にいて、関口の怒声や、捕方たちの声を耳にした。関口隊が踏み込んだようだ。

「与之助、あけろ！」

天野の声で、与之助がすぐに引き戸をあけた。

天野は十手を手にし、

「踏み込め！」

と声を上げて、戸口をくぐった。

与之助をはじめとする捕方たちが、次々に踏み込んだ。

そこは、台所だった。土間の隅に流し場と竈《へっつい》があった。人影はなく、薄闇にとざされている。土間につづいて狭い板敷きの間があり、その先が短い廊下になっていた。

廊下沿いに座敷があるらしく、障子がたててあった。障子が行灯の灯を映じ、ぼんやりと明らんでいる。

と、廊下に人影があらわれた。遊び人ふうの男である。着物を裾高に尻っ端折りし、両脛《すね》があらわになっていた。小田切の仲間のようだ。裏口から逃げようとしたのかもしれない。

「町方だ！　裏からも来やがった」

男は声を上げると、反転して表の戸口の方へ駆けだした。

「捕れ！」

天野が声を上げると、台所にいた捕方たちが、

「待ちゃがれ！」

「お縄を受けろ！」

などと叫びながら、どかどかと板敷きの間から廊下に踏み込んだ。

一方、関口隊は小田切たち三人を遠巻きにしていた。男たちの怒声や床を踏む音などがひびき、家のなかは騒然となったが、捕方たちは踏み込めないでいた。

「そこをどけ！」

小田切が怒鳴り、捕方たちを威嚇するように抜き身を振り上げた。

捕方たちは、御用！　御用！　と声を上げ、十手をむけたが、腰が引け、顔は恐怖にこわばっている。

そのとき、長身の武士が、つかつかと関口の前に出てきた。刀を手にしていた。構えは下段だが、両肩が下がり、構えに覇気がなかった。ただ、切っ先を足元に垂らしているだけに見える。

だが、腕に覚えのある者が見たら、長身の武士が尋常な遣い手ではないと見てとっ

ただろう。武士の構えには、まったく力みがなく、しかも腰が据わっていたのである。

「お上に歯向かう気か！」

関口が甲走った声を上げた。

長身の武士は表情も変えずに、関口に迫ってきた。

関口の右手にいた豊助《とよすけ》という若い下っ引きが、

「やろう！」

と叫びざま、十手を振り上げて長身の武士の左手から踏み込んだ。脇からなら、斬られることはないと踏んだのかもしれない。

瞬間、長身の武士の手元から閃光《せんこう》がはしった。体をひねりざま下段から逆袈裟《ぎゃくげさ》に斬り上げたのだ。一瞬の太刀《たち》捌《さば》きである。

ギャッ！と絶叫を上げて、下っ引きが身をのけぞらせた。首筋から血が火花のように飛び散った。

下っ引きは血を撒きながらよろめき、土間に転倒した。低い呻《うめ》き声を上げ、身をよじらせたが、すぐに動かなくなった。事切れたようである。

長身の武士は、ふたたび下段に構えて関口に迫ってきた。

「お、おのれ！」

関口がひき攣《つ》ったような声を上げ、後じさりながら十手を前に突き出した。顔が驚怖でゆがんでいる。

「観念しろ！」

言いざま、長身の武士が刀を一閃させた。

振り上げざま、袈裟へ。

咄嗟《とっさ》に、関口は十手を前に突き出して武士の斬撃《ざんげき》を受けた。にぶい金属音がし、薄闇のなかに青火が散った。関口は十手の刀受けで武士の刀身を受けたのである。だが、武士の刀はそのまま沈み、切っ先が関口の首筋をえぐった。

武士の強い斬撃に押され、関口の十手が下がったのだ。

ビュッ、と関口の首筋から血が赤い帯のように噴出した。切っ先が、首筋の血管《ちくだ》を斬ったのである。

関口は血を撒きながら前にのめり、足がとまると、腰から沈み込むように倒れた。

悲鳴も呻き声も聞こえなかった。首筋から噴き出る血の音だけが聞こえてくる。

この様子を見た捕方たちの顔が、恐怖にゆがんだ。土間の隅の壁に身を寄せる者、悲鳴を上げて戸口から飛び出す者、蒼《あお》ざめた顔で後じさる者など、小田切たちに十手をむける者はいなくなった。

「戸口をあけろ！」

小田切が、勝ち誇ったような声で叫んだ。

小田切たち三人は、抜き身を引っ提げたまま土間を下り、悠々と戸口から外へ出ていった。

そのとき、裏手から走り出てきた遊び人ふうの男が、

「小田切の旦那、裏口からも踏み込んで来やしたぜ」

と、声をかけた。

「かまうな。おれたちに、手は出せん」

長身の武士が言った。

小田切たちは振り返って後ろを見ることもなく、仙台堀沿いの道へ出ると、大川の方にむかって歩きだした。

その後を、遊び人ふうの男が追っていく。

天野は廊下を走った。与之助たち捕方がつづく。廊下の先に、戸口近くの板敷きの間が見えた。

板敷きの間とその先の土間は、薄闇につつまれていた。つっ立っている捕方たちの

姿が、黒くかすんでいる。

そこに、小田切と仲間はいなかった。血の匂いがし、板敷きの間に横たわっている男の姿が見えた。血達磨《ちだるま》になっている。

捕方たちのなかに、関口の姿がない。

「関口さん！」

天野が、周囲に視線をまわして声を上げた。

「せ、関口の旦那は、ここに……」

土間の隅に立っていた稲造が、声を震わせて足元を指差した。

そこは上がり框《がまち》の陰になっていたが、稲造の足元に横たわっている人影が見えた。黄八丈の小袖に黒羽織姿である。

「殺《や》られたのか！」

天野は土間に飛び下りた。

土間に横たわっていたのは、関口だった。仰向《あおむ》けに倒れていた。土間をつつんだ闇のなかに、死顔がぼんやりと浮かび上がっている。

関口は苦悶《くもん》に顔をゆがめていた。見開いた眼が虚空を睨むように見すえている。出血が激しかったと見え、近くの板敷きの間と土間が、どす黒い血に染まっていた。辺りは血の海である。

「……………！」

凄絶な関口の死顔を目の前にして、天野は言葉を失った。

3

「もう一杯、どうぞ」

おたえが、銚子を手にして甘えるような声で言った。

おたえもすこし飲んだので、色白でふっくらした頬が朱に染まっていた。形のいいちいさな唇は花弁のようである。

おたえは二十一歳。長月《ながつき》家に嫁に来て三年経つが、子供ができないこともあってか、新妻のような雰囲気を残している。

長月隼人《はやと》は目を細めて猪口《ちよこ》を差し出しながら、

「母上は、寝たかな」

と、小声で訊いた。

母親のおつたは、夕餉《ゆうげ》を終えると、すこし、腰が痛いから先に休みますよ、と言い置いて、そそくさと奥の寝間に行ってしまったのだ。

その後いっときが、奥の寝間から咳《せき》の音や夜具を動かすような物音が聞こえていたが、どういうわけかいまはひっそりとしている。

「もうお休みになったかもしれません」

おたえが小声で言った。

「おたえ」

隼人がグイとおたえに膝を寄せた。

「はい……」

おたえは、手にした銚子を盆の上にそっと置いた。

「おたえ、そろそろだな」

隼人がおたえの尻へ手を伸ばし、スルリと撫でた。

「だ、旦那さま、母上が……」

おたえが、うわずったような声で言った。

「母上は眠っている」

そう言って、隼人がおたえの腰のあたりに手を伸ばして抱き寄せようとしたときだった。

戸口の方に走り寄る足音がした。ふたりらしい。

「長月さま！　長月さま！」

戸口で男の声が聞こえた。声が上ずっている。

「だれでえ、いいところなのに」

隼人は渋い顔をして、おたえの腰にまわした手をひっ込めた。

「だれかしら、いまごろ」

おたえが眉宇《びう》を寄せて言った。いつもの声にもどり、顔の赤みも拭いとったように消えている。

「夜分、恐れ入ります。火急の用件にございます」

物言いは、武士のものだった。

「金之丞《きんのじょう》か」

声に聞き覚えがあった。天野金之丞である。金之丞は、南町奉行所の定廻り同心の天野の弟だった。

隼人は天野と昵懇《じっこん》にしていた。隼人は天野と同じ南町奉行所の同心で、隠密《おんみつ》廻りだった。組屋敷が近かったし、これまで多くの事件で、天野とともに探索に当たってきたのだ。

「何かあったようだ」

隼人は立ち上がった。

おたえも顔をこわばらせて腰を上げ、隼人に跟《つ》いてきた。

戸口に金之丞と小者の与之助《よのすけ》が立っていた。ふたりの顔がこわばっている。

「長月さま、大事が出来《しゅつらい》しました」

金之丞が、隼人の顔を見るなり言った。

「どうしたのだ」

「関口洋之助さまが、斬り殺されました」

「定廻りの関口か」

関口の組屋敷も近く、隼人は関口とも親しくしていた。隼人は関口を呼び捨てにしていた。関口より年上だったのである。

「は、はい」

「天野はどうした？」

知らせにくるなら、天野が来てしかるべきである。

「兄は、関口さまのご遺体のそばにおります。今日、兄は関口さまとともに捕物に出かけ、その場で関口さまが……」

金之丞が語尾をつまらせた。

「斬られたのだな」

「は、はい」

「ともかく、行ってみよう」

隼人はおたえを振り返り、聞いたとおりだ、留守を頼むぞ、と声をかけた。

おたえが顔をけわしくして、

「旦那さま、いってらっしゃいまし」

と、廊下に三つ指をついて言った。隠密廻り同心の妻らしい顔をしている。

隼人は金之丞たちとともに関口家にむかいながら、

「与之助、関口と天野は、だれを捕りに出向いたのだ」

と、訊いた。与之助は天野の小者なので、捕物に同行しているはずである。

「小田切源五郎ってえ、牢人でさァ」

与之助は、小田切が仲間とともに島倉屋を強請ったことや捕縛のために深川今川町の隠れ家に出張ったことなどを話した。

「それで、関口は小田切に斬られたのか」

隼人が訊いた。

「小田切じゃァ、ねえようです」

与之助は、関口が斬られたところにいなかったが、捕方たちの話から隠れ家には小田切の他にふたりの武士がいて、関口はそのうちのひとりに斬られたことを話した。

「稲造が、そのときの様子を見ていたようです」

与之助が言い添えた。

「関口が手札を渡している手先だな」

隼人は、稲造という岡っ引きがいることを知っていた。

「へい」

与之助がうなずいた。

そんなやり取りをしているうちに、隼人たちは関口家の前に着いた。戸口から灯が洩れ、ぼんやりとした明りのなかに、立っている男たちの姿が見えた。捕物にくわわった関口と天野の手先たちらしい。顔は闇に閉ざされてはっきりしなかったが、どの顔も消沈しているように見えた。

隼人と金之丞は与之助を戸口に残し、玄関の敷居をまたいだ。

4

座敷に夜具が敷かれ、関口と思われる死体が横たわっていた。顔に、白布がかぶせられている。

まだ、死体が運び込まれて間がないと見え、通夜の用意はしてなかった。関口の黄八丈の小袖の襟元には黒ずんだ血の色が見えた。

枕元に家族が三人、悲痛な顔をして座っていた。ふたりの女が、両手で顔をおおって嗚咽《おえつ》を洩らしている。ひとりは関口の母親のおしげ、もうひとりは妹のおゆきらしい。おゆきの脇に、弟の竜之助《たつのすけ》が端座していた。十四、五歳であろうか。蒼ざめた顔で、口を引き結んでいる。歯を食いしばって、込み上げてくる嗚咽に耐えているようだ。

奥の座敷で、くぐもった男の声と歩きまわる足音が聞こえた。親戚筋の者が集まって、通夜と葬儀の準備をしているのだろう。

天野は家族の背後に座していた。うなだれ、視線を膝先に落としている。悲痛と苦悶の翳《かげ》が顔をおおっていた。

天野のそばに定廻り同心の横山安之助《よこやまやすのすけ》と養生所見廻り同心の長島弥三郎《ながしまやさぶろう》が座っていた。ふたりとも悲壮な顔をして視線を落としている。横山と長島の住む組屋敷は、関口家の近くにあったので、悲報を聞いて駆け付けたらしい。

隼人は関口の枕元に座して合掌した後、おしげたち三人に頭を下げただけで、身を引いた。お悔やみの言葉を口にできるような雰囲気ではなかったのだ。

隼人は天野の後ろに膝を折った。金之丞も、悲痛な顔をして兄の後ろに座っている。

それから小半刻（三十分）ほどしたとき、天野がそっと立ち上がり、

「長月さんにお話が……」

と、小声で言った。

隼人は天野につづいて、座敷から出た。金之丞も黙って跟《つ》いてきた。

天野は戸口から出て、暗闇のなかに足をとめると、

「わたしも関口さんといっしょに、小田切を捕らえに出張ったのです」

天野が苦悶の顔をして言った。

「そうらしいな」

そのことは、与之助から聞いていた。

「関口さんを見殺しにしてしまいました」

天野が声を震わせて言った。

「関口を斬ったのは、小田切ではないそうだな」

隼人が訊いた。

「はい、小田切といっしょにいた武士のようです。……そのときの様子を稲造が見て

いたので、ここに呼びますよ」

天野は戸口近くに立っていた男たちに近寄り、稲造、と声をかけた。すると、夜陰のなかに立っていた男が、へい、と応えた。

すぐに、天野は稲造を連れてもどってきた。稲造は三十がらみ、浅黒い顔をした剽《ひょう》悍《かん》そうな男である。

「稲造、そのときの様子を話してくれ」

隼人も、関口を斬った男が何者なのか、与之助から話を聞いたときから気になっていたのである。

「小田切の他に、侍がふたり出てきやした」

そう前置きして、稲造が話しだした。

ふたりの武士は羽織袴姿で、牢人には見えなかったという。ふたりのうちの長身の男が、まず下っ引きの豊助を斬り、つづいて一太刀で関口を仕留めたという。

「関口の旦那は、斬り込んできた刀を十手で受けやしたが、そのまま首を斬られて……」

稲造が身を顫《ふる》わせ、声をつまらせて言った。そのときの様子が浮かんできたらしい。

「うむ……」

関口は十手で武士の斬撃を受けたが、そのまま斬り下げられたらしい。よほどの剛剣であろう。

「ふたりの武士は、御家人か江戸勤番の藩士のようです」

天野が言い添えた。

「小田切の仲間なのか」

「そうとしか思えません。……それに、われらが踏み込むのを待っていたような節があります」

「どういうことだ」

「ふたりの武士が借家にいたのも妙だし、まったく慌てた様子がなかったようです」

天野は隠れ家の裏手から踏み込んだので、三人の武士の様子を見ていなかったという。

「三人は、捕方を待ち構えていたのか」

「はっきりしたことは言えませんが、すくなくとも慌てて逃げ出そうとはしなかったようです」

「うむ……」

何か裏がありそうだ、と隼人は思った。

いっとき闇のなかに立って黙考していると、天野が隼人に身を寄せ、

「長月さんに、お願いがあります」

と、小声で言った。稲造や近くにいた岡っ引きたちに聞こえないように気を使ったらしい。

「なんだ」

「本来なら、当番与力《よりき》の出役をあおぐべきでしたが、わたしと関口さんだけで踏み込んだためにこんなことに……」

天野の声に苦渋のひびきがあった。

捕方を集めて下手人を捕縛する場合、当番与力の出役をあおぐのが普通だった。しかも、隠れ家には小田切だけでなく武士がふたりもいたという。定廻り同心の勇み足と非難されても仕方のない状況である。

「関口は巡視の途中で下手人を見つけ、逃走を防ぐためにやむなく天野に助勢を頼んで、踏み込んだのではないのか」

よくあることだった。隼人も、奉行に上申して与力の出役をあおぐ余裕がないときは、巡視の途中で下手人を見つけたことにして捕縛していたのである。

「まァ、そうですが……」

天野が語尾を濁して視線を落とした。

実際は、関口が巡視の途中で小田切の隠れ家を発見したのではないのだろう。手先が隠れ家をつきとめたにちがいない。ただ、関口は相手が小田切ひとりと踏んで、奉行に上申して与力の出役をあおぐまでもないと判断したのだろう。

「おれもよくやる。気にするようなことではない」

隼人が言った。

「ただ、懸念があります」

天野が声をあらためて言った。

「なんだ?」

「関口家が、今後どうなるかです」

天野が苦慮するように言った。

「残された者が、関口の跡を継げるかどうか気になるのだな」

町方同心は、本来一代かぎりの抱え席である。ところが、実際は倅《せがれ》が元服を終え、十三、四歳になると同心見習いに出て、親が身を引くころに新規採用の形で跡を継ぐのである。事実上の世襲であった。

「は、はい」

「うむ……」

むずかしい、と隼人は思った。

跡を継ぐとすれば、関口の弟の竜之助である。十四、五歳で、すでに元服を終えているはずだった。年齢的には問題ないが、竜之助は同心見習いに出ていなかった。それに、関口は奉行に上申せずに、下手人を捕らえようとして斬殺されたのだ。いずれ、そのことも問題になる。そうしたことを考え合わせると、すんなり竜之助が同心見習いとして出仕できるとは思えなかった。

実は、隼人も似たような経緯があって同心になったのだ。当時、父親の藤之助《とうのすけ》は南町奉行所の隠密廻り同心であった。その藤之助が、何者かに斬殺されたのである。そのとき、隼人は同心見習いとして出仕したばかりだった。幸い、同心見習いとして出仕した後で、藤之助が斬殺されたために、隼人はそのまま同心見習いをつづけられたが、出仕前だったら、むずかしかったかもしれない。

「長月さん、何とかお力添えください」

天野が訴えるように言った。

天野は自分がいっしょにいながら関口が斬殺されたことで、責任を感じているようである。

「おれに、そんな力はない」

隼人は一介の同心に過ぎなかった。竜之助に跡を継がさせてやりたいが、どうにもならない。

「い、家を継ぐことができなければ、後に残された家族はどうなります」

天野の声は震えていた。顔が蒼ざめ、悲痛にゆがんでいる。

「…………！」

母親のおしげ、妹のおゆき、弟の竜之助は暮らしの糧を失うばかりか、組屋敷を出ていかなければならなくなる。すぐにも、暮らしに困るであろう。

「長月さんは、近いうちにお奉行と会われるはずです」

天野が言った。

「そうかもしれん」

隠密同心の隼人は、奉行の直接の指図で探索に当たることが多かった。

南町奉行は筒井紀伊守政憲《つついきいのかみまさのり》だった。筒井は、定廻り同心の関口が何者かに斬殺されたことを耳にすれば、隼人に探索を命ずるだろう。

「お奉行に会われたおり、関口さんは、探索していた件の下手人の仲間に待ち伏せられて斬られたとお話ししていただきたいのです」

天野が隼人を見つめて言った。どうやら、このことを言うためもあって、金之丞を迎えに来させたようだ。

「分かった。そう、お奉行にお伝えしよう」

隼人にも、天野の気持ちは分かった。天野は、何とか後に残された関口家の者たちを助けてやりたいのだ。隼人にも同じ気持ちがあったので、斬殺されたのは関口の手落ちが原因でないことを奉行に伝えようと思った。それに、関口が下手人の仲間に待ち伏せされたのは、まんざら嘘でもないのである。

「長月さん、恩に着ます」

天野が小声で言った。

「天野、恩に着るのはまだ早《はえ》えぜ。関口を斬った下手人をつかまえ、竜之助が関口の跡を継げるようになったときだ」

隼人が重いひびきのある声で言った。

5

隼人に奉行の筒井から呼び出しがあったのは、関口が斬殺された三日後だった。

その日、隼人が南町奉行所の同心詰所で茶を飲んでいると、中山次左衛門《なかやまじざえもん》が姿を見せた。中山は、筒井の家士である。

中山はすでに還暦を過ぎた老齢だったが、矍鑠《かくしゃく》として歳を感じさせない壮気があった。

「長月どの、お奉行がお呼びでござるぞ」

中山が慇懃《いんぎん》に言った。

「役宅でござるか」

筒井が隼人を呼ぶとき、奉行所の裏手にある役宅に呼ぶことが多かったのだ。

「いかにも。急いでくだされ、お奉行は登城前であられる」

中山が急《せ》かせるように言った。

「心得ました」

すぐに、隼人は立ち上がった。

中山は奉行の役宅に着くと、隼人を中庭の見える座敷に案内した。筒井は隼人と会うとき、いつもこの座敷を使っていたのである。

隼人が座敷に端座して待つと、すぐに廊下をせわしそうに歩く足音が聞こえた。

障子があき、姿を見せたのは筒井だった。まだ、麻裃《あさがみしも》姿ではなく、小紋の小袖を着流していた。着替え前のようである。

隼人は筒井が対座するのを待って、時宜の挨拶《あいさつ》を述べようとすると、

「挨拶はよい。急いでおるのでな」

そう言って、筒井が制した。

「長月、定廻りの関口が、斬り殺されたのを知っておるな」

さっそく、筒井が切り出した。隼人にむけられた双眸《そうぼう》には、能吏らしいするどいひかりが宿っている。

「承知しております」

隼人がちいさくうなずいた。

「聞くところによると、関口は天野とともに下手人を捕らえようとして、返り討ちにあったそうではないか」

筒井の顔はけわしかった。機嫌がよくないらしい。無理もない。町方同心が、下手人に斬り殺されたとあっては、奉行所の威信にかかわるのである。

「関口と天野は、待ち伏せされたようです。それも、下手人と目をつけていた牢人の他に、腕の立つ武士がふたりもいたそうでございます」

隼人は、関口と天野の失態ではないことを匂わせた。

「下手人の他に、武士がふたりもいたのか」

筒井が聞き返した。くわしい状況は、筒井の耳に入っていないようだ。

「いかさま」

「ふたりの武士は、幕臣か」

筒井が訊いた。気になるようである。幕臣がふたりもかかわっていれば、町奉行は手が出しにくくなる。幕臣は、町奉行の管轄外なのだ。

「幕臣か江戸勤番の藩士か。いずれにしろ、牢人ではないようです」

隼人が言った。

「うむ……」

筒井が思案するように虚空に視線をとめた。

いっときして、筒井が何か思い出したように顔を上げ、

「それで、下手人と目していた牢人は何をしたのだ」

と、訊いた。

「聞くところによりますと、商家に因縁をつけ大金を脅し取ったとか」

「そやつの仲間に、武士がふたりもいたのか」

筒井があらためて訊いた。

「それも、腕の立つ者たちのようです」

「ただの徒者《いたずらもの》ではないようだな」

「それがしも、何やら裏があるとみておりますが」

隼人はそう言ったが、裏があるとまで読んでいたわけではない。

「長月、いずれにしろ、此度《こたび》の件の探索にかかれ」

筒井は語気を強くして言った。

「ハッ」

隼人が平伏すると、

「頼んだぞ」

筒井が言い置き、腰を上げようとした。

「お奉行、お願いの筋がございます」

隼人が筒井を見すえて言った。

「何かな」

筒井は座りなおした。

「殺された関口には、竜之助なる弟がございます。組屋敷が近いゆえ、よく存じておりますが、すでに元服しており、なかなか骨のある男にございます。おそらく、竜之助は兄に代わって下手人を探索し、兄の敵《かたき》を討たんとするでしょう」

「それで？」

「お奉行、竜之助の探索をお許しいただきたいと存じます。竜之助が下手人をつきとめて見事兄の敵を討てば、江戸市民は町方を見直し、南町奉行所の威信《みなみ》はさらに高まると思われます」

隼人がもっともらしい顔をして言った。

「長月、そちの腹の内は読めたぞ」

筒井が相好をくずし、

「竜之助なる者を、同心見習いにとりたてろと言いたいのであろう。……そうしなければ、残された家族が生きてゆけんからな」

「畏《おそ》れ入ります」

隼人は畳に両手をついて低頭した。

「よかろう。長月の意を汲んで、竜之助を同心見習いにとりたてよう。ただし、下手人を捕らえ、見事、兄の敵を討ってからだ。……それまで、関口家の者が組屋敷にとどまり、事件の探索にあたることを許す」

筒井が語気を強くして言った。筒井は、隼人に、関口の家族を助けたいなら、何としても此度《こたび》の事件を解決しろ、と言っているのだ。

「承知しました」

隼人はふたたび深く頭を下げた。

6

……さて、どうするか。

隼人は、南町奉行所の豪壮な長屋門をくぐったところでつぶやいた。陽《ひ》は頭上ちかくにあったが、まだ昼前である。隼人は、どこかで腹ごしらえをしてから探索にとりかかろうと思った。

南町奉行所は数寄屋橋詰《すきやばしづめ》にあった。隼人は数寄屋橋を渡って河岸《かし》通りに出ると、京橋方面に足をむけ、手頃のそば屋をみつけて入った。

そば屋を出ると、隼人は京橋にむかいながら、

……豆菊《まめぎく》に顔を出してみるか。

と、思った。

豆菊は神田紺屋町《こんやちよう》にある小料理屋だった。八吉《やきち》とおとよという夫婦でやっている店である。八吉は「鉤縄《かぎなわ》の八吉」と呼ばれた腕利きの岡っ引きだったが、老齢のために手札を隼人に返し、女房のやっていた豆菊を手伝うようになったのだ。

鉤縄とは、細引の先に熊手のような鉤のついた捕具である。その鉤を下手人に投げつけ、着物にひっかけて引き寄せ、捕縛するのである。八吉は鉤縄の名手であった。八吉には子がなく、利助《りすけ》という男を養子にして岡っ引きを継がせた。その利助が、隼人の手先であった。

隼人はとりあえず、利助を使おうと思ったのである。

豆菊は、小体《こてい》なそば屋や飲み屋などのつづく横丁の一角にあった。店先に暖簾《のれん》が出ていたが、まだ客はいないらしい。店内はひっそりとしていた。

隼人が暖簾をくぐると、すぐに下駄の音がし、奥からでっぷり太った四十女が顔を出した。八吉の女房のおとよである。

「あら、旦那、いらっしゃい」

おとよは、隼人を目にすると糸のように目を細めた。

頰がふくれ、顎の下の肉がたるんでいる。くずれたお多福のような顔をしているが、亭主の八吉によると、若い頃は色白の美人で、おとよを目当てに店に来る客も多かったそうである。

「八吉はいるか」

そう言って、隼人は追い込みの座敷の上がり框に腰を下ろした。

「すぐ、呼びますよ」

おとよはきびすを返すと、下駄を鳴らして奥へもどった。

すぐに、八吉が姿を見せた。濡れた手を前だれで拭きながら隼人に近寄ってきた。板場で洗い物でもしていたようだ。

「旦那、お久し振りで」

八吉が笑みを浮かべて言った。

八吉は猪首《いくび》で、ギョロリとした目をしていた。岡っ引きだったころは凄《すご》みのある顔をしていたが、いまはだいぶおだやかな顔付きになった。鬢《びん》や髷《まげ》に白髪が交じり、顔の皺《しわ》も多くなり、笑うと好々爺《こうこうや》のような温和な顔になる。

「利助と綾次《あやじ》は、どうした」

隼人が訊いた。

綾次は利助が使っている下っ引きである。まだ、十六と若いが、利助といっしょに探索に当たることが多かった。

「朝から、出かけてまさァ」

八吉は隼人の前に立ったまま言った。

「どこへ出かけたのだ？」

「関口が斬られた件を探っているのか」

隼人は天野から、関口が斬られたのは今川町の隠れ家だと聞いていた。

「そのようですぜ」

「早《はえ》えな」

まだ、利助は隼人が事件の探索にあたっているかどうか知らないはずだった。

「旦那から言われて動くんじゃァ遅《おせ》え、などと生意気なことを言いやしてね」

八吉は、養子にした利助が岡っ引きを継ぎ、張り切って探索にあたっていることが嬉しいらしい。

「実は、その件で利助を使おうと思ってな」

「利助の読みどおりだったわけで」

そう言って、八吉がさらに目を細めた。

ふたりでそんなやり取りをしているところに、おとよが茶道具を持ってきた。

「捕物ですか」

おとよが、急須で茶をつぎながら小声で訊いた。

「利助たちが、探ってる事件《やま》よ」

そう言って、八吉が顔をけわしくした。

「なんですか、八丁堀の旦那が殺されたとか……」

おとよが眉宇を寄せて言った。関口が斬殺されたことは、おとよの耳にも入っているらしい。

隼人は何も言わず、ちいさくうなずいただけである。

おとよがその場から去り、隼人は茶で喉をうるおしてから、

「ところで、八吉、小田切という牢人を知っているか」

と、訊いた。

「名だけは、聞いた覚えがありやす」

八吉の顔から好々爺のような温和な表情が消えた。腕利きの岡っ引きらしい凄みのある顔である。

「島倉屋という佐賀町にある材木問屋を強請ったらしいのだ」

「噂は聞いておりやす」

「そこまでなら、おれの出る幕じゃァねえんだが、小田切をお縄にしようとした関口が殺られちまった。しかも、今川町の隠れ家には、腕の立つ武士がふたりいて、関口と天野を待ち伏せていたようなのだ」

「そのふたりは、小田切の仲間ですかい」

八吉が訊いた。

「まだ、ふたりの正体は分からねえ。稲造やいっしょにいた手先の話だと、ふたりは牢人ではなく、幕臣か大名に仕える藩士らしい。いずれにしろ、小田切のような徒《いたずら》牢人《ろうにん》ではないようだ」

「小田切をお縄にしただけじゃァ始末がつかねえってことですかい」

「まァ、そうだ」

「厄介な事件《やま》のようで……」

八吉がむずかしい顔をした。

「それに気になることがある」

隼人が虚空を見つめて言った。

「何が気になるんです？」

「これだけでは、すまないような気がするのだ。小田切たちは、これから何かするつもりではないかな。……関口を斬ったのは、おれたちに手を出せば、こういうことになるという脅しのためかもしれん」

虚空を見つめた隼人の双眸に、射るような鋭いひかりが宿っている。

7

天野は関口の位牌《いはい》に掌《て》を合わせて焼香を終えると、膝をまわしておゆきと竜之助の方に体をむけた。

「ありがとうございます」

おゆきが小声で言い、竜之助といっしょに頭を下げた。

おゆきは十七歳。肌が透けるような色白で、目鼻立ちのととのった顔をしていた。ただ、憔悴《しょうすい》して頬がこけ、目がつり上がっているように見えた。美しい娘だけに、よけい悽愴《せいそう》な感じがする。

竜之助は顔をこわばらせて座していた。姉と同じような色白のせいもあって、すこしひ弱な感じがする。唇を引き結び、思い詰めたような顔をしていた。

母親のおしげは、天野たちの座している仏間にいなかった。初七日の法要を終えた後、疲れが出て奥の間で臥《ふせ》っているという。

「おゆきどの、母御のご容体はどうです？」

天野が訊いた。

「心労が重なったようです。兄の死後、まともに食事も摂りませんでしたので……」

おゆきが、細い声で言った。

「長月さんから聞きましたが、お奉行は、竜之助どのに此度《こたび》の件の探索をお認めになられ、組屋敷にこのまま住むことを許されたそうです」

天野が励ますように言った。

「は、はい」

おゆきの蒼ざめた顔がいくぶんやわらぎ、

「これもみな、天野さまや長月さまのお蔭でございます」

と言って、あらためて低頭した。

脇に座していた竜之助も、ありがとうございます、と言って、深く頭を下げた。おしげ、おゆき、竜之助の三人は組屋敷を出されれば、行き場がないのだ。それこそ、母子三人で関口の位牌を抱き、大川にでも身を投げるような羽目に陥ったかもしれない。

「ただ、竜之助どのが同心見習いとして出仕するためには、下手人を捕らえ、関口さんの敵を討たねばなりません」

天野が顔をけわしくして言うと、

「わたしと竜之助とで、兄の敵を討ちます」

と、おゆきが目尻をつり上げて言った。

すると、竜之助が、

「どんなことがあろうと、かならず姉とふたりで敵を討ちます」

と、絞り出すような声で言い添えた。

「おゆきどのも、敵討ちにくわわるのか」

思わず、天野が訊いた。

天野は、女のおゆきが兄の敵を討ちたいと言いだすとは思わなかった。それも、おゆきの思いつきではないようだ。すでに、おゆきは竜之助と話し合っていたようである。

「女の身であっても、兄の恨みを晴らしたい気持ちは同じです」

おゆきが強い声で言った。

天野を見つめた姉弟の顔には、並々ならぬ覚悟と悲壮さがあった。命を賭けて兄の敵を討つつもりでいるようだ。

「わたしにも、助太刀させてください」

天野は、関口家の者が敵討ちを拒んだとしても、自分の手で関口の敵を討つつもりでいた。いっしょに捕縛に向かいながら、関口を見殺しにしてしまった罪滅ぼしの気持ちがあったのだ。

「かたじけのうございます」

おゆきが、あらためて頭を下げた。

三人はいっとき膝先に視線を落として黙考していたが、

「まず、関口さんを斬った相手をつきとめねばなりません」

天野が言った。

「はい」

姉弟の目が、天野にむけられた。

「いまも、町方が動いています。いかに、敵討ちといえども勝手に捜しまわれば、町方の探索の足を引っ張ることになります」

「……………」

姉弟がいっしょにうなずいた。

「それに、長月さんにも話しておかねばならないでしょう。長月さんも、ふたりがどうされるのか、気にかけていたようですから」

「長月さまにも、お会いしてお礼をもうさねばなりません」

おゆきが言った。

「おゆきどの、家をあけられますか」

天野は、おゆきと竜之助を隼人に引き合わせておきたかったのだ。

「あけられます」

「これから、長月さんを訪ねてみますか。もう、帰られているでしょう」

天野が座敷の隅に目をやって言った。

すでに、淡い夕闇が忍び寄っている。暮れ六ツ（午後六時）にはまだ間があったが、天野は隼人が屋敷に帰っていると踏んだのだ。もっとも、帰宅していなければ、日を置いて出直せばいいのである。長月家の組屋敷は近かったのだ。

おゆきと竜之助は立ち上がると、奥の座敷で臥っている母親にいっとき家をあけることを伝えてから、天野とともに組屋敷を出た。

隼人は屋敷にもどっていた。天野たち三人は、おたえに案内されて居間に腰を下ろした。

居間でいっとき待つと、隼人が姿を見せた。隼人は小袖に角帯姿のくつろいだ格好で入ってきた。

「気を使わず、楽にしてくれ」

そう言いながら、隼人は天野たちの前に膝を折った。

すぐに、おゆきが、

「長月さま、天野さまからお聞きしました。……関口家へのご尽力、まことにかたじけのうございます。本来ならば母がまいり、お礼をもうさねばなりませんが、あいにく心労が重なり、臥っております」

と、こわばった顔で言って頭を下げると、竜之助もつづいて低頭した。

「おい、よしてくれ。おれは、お奉行に、ありのままを話しただけだ」

隼人が苦笑いを浮かべて言った。

「長月さん、おゆきどのと竜之助どののふたりで、関口さんの敵を討ちたいそうです」

天野が脇から口をはさんだ。

「姉弟でな」

隼人は驚いた。おゆきが敵討ちに出てくるとは思わなかったのだ。

「長月さま、何としても兄の敵を討ちとうございます」

おゆきが隼人を見すえて言った。

隼人は、あらためておゆきに目をやった。顔はこわばっていたが、目がつり上がり、唇を強く結んでいる。

……気丈な娘のようだ。

と、隼人は思った。

「むろん、わたしも助太刀するつもりです」

天野が言い添えた。

「姉弟で力を合わせて、関口の敵を討つのは結構なことだが、心しておいてもらいたいことがある」

隼人が声をあらためて言った。

「勝手に探索せず、かならず天野の指図にしたがってもらいたい」

隼人は、ふたりが勝手に動きまわれば、下手人一味に町方の動きを知らせることになるとみたのである。

「はい」

おゆきと竜之助がいっしょに応えた。

「それに、関口を斬った者が知れても、ふたりだけで討とうとしないでくれ。やり方によっては、南町《みなみ》奉行所の顔をつぶすことになるからな」

関口を斬った者は遣い手とみなければならない。おゆきと竜之助だけでは、返り討ちに遭うだろう。

「心得ました」

ふたりが、けわしい顔をしてうなずいた。

第二章　強請り

1

深川佐賀町、大川端に松本屋《まつもとや》という魚油《ぎょゆ》問屋の大店があった。土蔵造りの二階建ての店舗と土蔵、それに近くの河岸に三棟の倉庫を持っていた。倉庫には、干鰯《ほしか》、しめ粕《かす》、魚油などがしまってある。

あるじの名は牧右衛門《まきえもん》。奉公人は船で荷を運ぶ船頭のほかに、番頭、手代、丁稚《でっち》など三十人ほどもいた。

暮れ六ツ（午後六時）すこし前だった。陽は大川の対岸の日本橋の家並の向こうに沈み、西の空が残照に染まっていた。川面《かわも》は残照を映じて、淡い茜色《あかねいろ》の無数の起伏を刻みながら永代橋《えいたいばし》の彼方までつづいている。日中は、猪牙舟《ちょきぶね》、屋形船、艀《はしけ》などが盛んに行き交っているのだが、いまは船影もまばらである。

松本屋の店先も、人影がすくなかった。小半刻（三十分）ほど前までは、店先を奉公人や船荷を運ぶ船頭、取引先の主人などが頻繁に出入りしていたのだが、いまは手代が数人の船頭に指示して、店先に積んであった叺《かます》を店内に運び入れているだけであった。そろそろ、店仕舞いなのである。

船頭たちが店先の叺を店内に運び終えて店先から離れたとき、四人の男が足早に店の前に近付いてきた。

ひとりは町人で、遊び人ふうの男だった。三人は武士である。三人のうちのひとりは小田切で、他のふたりは長身と中背の武士だった。四人は、今川町の隠れ家にいた男たちである。

四人は松本屋の脇まで来ると、

「いい頃合ですぜ」

町人体《てい》の男が、薄笑いを浮かべて言った。

「よし、支度しろ」

長身の武士が言い、懐から頬隠し頭巾《ずきん》を取り出してかぶった。

もうひとりの中背の武士も頬隠し頭巾をかぶり、小田切と町人は手ぬぐいで頬っかむりをした。四人とも顔を隠したのである。

すぐに、四人は暖簾をくぐって店内に踏み込んだ。敷居の先にひろい土間があり、隅に叺が積んであった。そばに手代と丁稚、それに印半纏を羽織った船頭がふたりいた。

　土間の先は帳場になっていた。帳場机を前にして番頭らしい男が、帳面を繰ってい
る。帳場にはもうひとりいた。丁稚が帳簿類を奥へ運んでいるところだった。

「ど、どなたです」

　土間にいた手代が、こわばった顔で訊いた。そばにいた船頭たちが、凍りついたよ
うに身を硬くして四人の男に目をむけた。帳場にいた番頭と丁稚も、身を硬くして目
を剝《む》いている。

　四人の姿は異様だった。店の者たちの目には、押し込みと映ったかもしれない。

「客だ」

　長身の男がくぐもった声で言った。

「お、お客さま、店仕舞いでございまして、明日にしていただけませんか」

　手代が声を震わせて言った。

「すぐ、済む」

　長身の武士がそう言うと、

「番頭、あるじはいるか」

小田切が声を大きくして言った。

「は、はい、おりますが、店仕舞いするところでございまして、御用の筋は明日うけたまわりたいのでございます」

番頭は立ち上がり、前屈《まえかが》みの格好のまま上がり框のそばに来て言った。胸の前で握った手が震えている。

「番頭では話にならん。三千両の取引だ。それとも、三千両の金が番頭の一存で何とかなるのか」

小田切が、恫喝《どうかつ》するように言った。

「さ、三千両……」

番頭は目を剝いた。顔から血の気が引き、肩先が小刻みに震えている。

「番頭、われらは押し込みではないぞ。松本屋と取引に来たのだ。あるじに、三千両の商いだと伝えてこい」

長身の武士が言った。

「お、お待ちを」

そう言い残し、番頭は慌てて帳場の脇から奥へむかった。

いっときすると、番頭が五十がらみの大柄な男を連れてもどってきた。眉の太い、顔の大きな男だった。唐桟《とうざん》の羽織に細縞の小袖、渋い路考茶《ろこうちゃ》の角帯をしめていた。いかにも、大店の旦那ふうである。

ふたりは、上がり框の近くに膝を折ると、

「あるじの牧右衛門にございます」

と、旦那ふうの男が名乗った。顔が恐怖でひき攣《つ》っている。

「おれの名は、山川新三郎《やまかわしんさぶろう》。さる大名家の用人だ」

長身の武士が名乗ると、

「おれは、川島庄五郎《かわしましょうごろう》。同じくさる大名家の勘定方の者だ」

中背の武士が、つづいた。

脇にいた小田切と町人は名乗らず、すこしだけ身を引いた。

「それで、どのようなお話でございましょうか」

牧右衛門が震えを帯びた声で訊いた。

「買ってもらいたい物がある」

山川と名乗った武士がおもむろに言った。

「何でございましょうか」

「わが藩の家宝だ」

言いざま、山川が腰の小刀を鞘ごと抜き取った。黒鞘の粗末な拵《こしら》えの小刀である。

「これだ」

山川は手にした小刀を牧右衛門の膝先に置いた。

「この刀を……」

牧右衛門は、戸惑うような顔をした。刀などに興味はない。それに、膝先に置かれた小刀の拵えは粗末で、牧右衛門の目にも、大名家の家宝には見えなかったのだ。

「抜いてみろ」

山川が言った。

「い、いえ、てまえに、刀の目利きはできませんので」

「石堂是一《いしどうこれかず》が鍛えし、大業物《おおわざもの》だ」

山川が語気を強めて言った。

石堂是一は、実在の刀鍛冶《かじ》である。備前伝を鍛える名工として知られ、代々江戸に住んでいた。

ただ、牧右衛門の膝先に置かれた小刀が、是一が鍛えた刀かどうかは疑わしい。山川が勝手にそう言っただけだろう。

「いかに、是一の名刀とはいえ、三千両は高いな。五百両にまけてやろう」

山川が顔をなごませて言った。

「こ、このような粗末な刀が、五百両！」

牧右衛門が驚いたような顔をした。

「高いか」

「てまえには、高いかどうか分かりませんが、ともかく、刀はいりません。どうか、お引き取り下さい」

牧右衛門が、声をつまらせて言った。五百両はおろか、五両でも買いたくないと思った。

「さきほど、このような粗末な刀ともうしたな。刀は武士の魂。あるじ、おれを愚弄《ぐろう》したのと同じことだぞ」

山川の顔が豹変した。目をつり上げ、顔をしかめている。憤怒の形相だが、作った顔である。

「て、てまえは、拵えを見ただけでして……」

「許せぬ！」

いきなり、山川が大刀を抜き放ち、牧右衛門の首筋に切っ先を当てた。

迅《はや》い！　一瞬の迅業である。

山川は剣の遣い手のようだ。

牧右衛門は逃げるどころか、後ろに身を引くこともできなかった。その場に座したまま恐怖に目を剝き、凍りついたように身を硬くした。

そのとき、土間の隅でことの成り行きを見ていた船頭のひとりが、

「強請りだ！」

と声を上げ、店の外へ飛び出そうとした。

すると、山川の脇にいた川島が、すばやい動きで船頭に身を寄せ、

「騒ぐな！」

言いざま抜刀し、刀身を峰に返して一閃させた。神速の太刀捌きである。

ドスッ、と皮肉を打つにぶい音がし、船頭の上体が前にかしいだ。川島の峰打ちが船頭の腹を強打したのだ。

船頭は低い唸《うな》り声を上げ、両手で腹を押さえてうずくまった。

「斬ってもよかったが、刀が汚れるのでな」

川島がうす笑いを浮かべて言った。

川島も山川に優るとも劣らない剣の達者らしい。

土間にいた手代たち三人は、蒼ざめた顔でつっ立ったまま身を竦《すく》ませている。

一方、山川は刀身を引いて低い八相に構えると、

「あるじ、おれを愚弄したからには、首を落とされても文句はないな」

と言って、牧右衛門を睨みつけた。身辺に気勢が満ち、そのまま斬首しそうな凄みがある。

「お、お許しを……」

牧右衛門が、恐怖に身を顫わせて言った。

「ならば、この刀を買うんだな」

「ご、五百両などという大金は、店に置いてありません」

「いくらならあるのだ」

「あ、有り金を掻き集めても……、三百両ほどかと……」

「よし、三百両にまけてやろう。番頭に指図して、ここへ運ばせろ」

そう言って、山川が刀を下ろした。

牧右衛門が、なおも身を顫わせて戸惑っていると、

「その気がないなら、三百両の替わりにあるじの首をもらおう」

山川がふたたび八相に構え、斬首の気配を見せた。

「ば、番頭さん、店のお金をここに」

牧右衛門が慌てて言った。

番頭は蒼ざめた顔で立ち上がり、帳場机の後ろへまわった。番頭は帳場にいた手代のひとりにも手伝わせ、帳場にあった小《こ》簞笥《だんす》の引出しと丁銀箱、それに奥の内蔵から千両箱を牧右衛門の前に運んできた。

すると、町人が近付いて来て、

「ヘッヘヘ、いただきやす」

と言って、ふところから革袋を取り出し、小判と銀貨だけを掻き集めて袋に入れた。千両箱には、二百両余が入っていた。銀貨と合わせると、三百両の余はありそうである。

町人が銭だけ残して革袋に入れ終えると、山川は刀を鞘に納め、

「あるじ、命が助かっただけでもありがたいと思え。この刀は置いていく。大事にしろよ。三百両の名刀だからな」

そう言い置いて、きびすを返した。

川島も戸口に足をむけ、小田切と町人がつづいた。

四人の姿が戸口から消えると、

「こ、こんな刀!」

牧右衛門が、膝先の小刀をつかんで土間へたたきつけた。

2

「この小刀が、三百二十両だと」

天野が驚いたような顔で言った。

九寸ほどの短刀だった。刀身の刃文は乱れ、地肌に冴えがない。おまけに、刃こぼれまである。天野の目にも、鈍刀《なまくら》に見えた。いずれにしろ、石堂是一が鍛えた刀でないことは確かである。

「名刀には見えませんが……」

竜之助が、天野の手にした小刀を脇から覗いて言った。

天野は小者の与之助から、小田切たちらしい四人組が、松本屋を脅し、三百余両を奪ったと聞き、八丁堀の組屋敷から佐賀町へ出かけようとした。そこへ、おゆきと竜之助が姿を見せ、天野が事情を話すと、

「わたしも、連れていってください」

と、おゆきが訴え、竜之助が、わたしも行きます、と言い出したのだ。

天野はおゆきを同行するわけにはいかなかったので、やむなく竜之助だけ連れてき

たのである。

「こんな刀、一分もしません」

牧右衛門が悔しそうな顔をして言った。

「店に押し入ってきたのは、四人と言ったな」

天野があらためて訊いた。

「はい、武家が三人、それに遊び人ふうの男がひとりです」

牧右衛門によると、武家の三人は、牢人がひとり、御家人ふうの武士がふたりだったという。また、四人の男は、いずれも頬隠し頭巾をかぶったり、手ぬぐいで頬っかむりしたりしていたので、顔ははっきりしなかったそうだ。

「福田屋《ふくだや》と同じ一味だな」

十日前だった。日本橋小網町《こあみちよう》の米問屋、福田屋に同じ一味と思われる四人があらわれ、まったく同じような手口で、二百八十両の金を奪ったのである。

「名を口にしなかったか」

天野が訊いた。

「ふたりの武士が、名乗りました。背の高い男が山川新三郎で、もうひとりが川島庄五郎です」

牧右衛門が言った。

「偽名だな」

天野は、福田屋の事件後、あるじの伊勢蔵《いせぞう》から話を聞いていたが、長身の武士は豊《とよ》島《しま》と名乗り、もうひとりの中背の武士は横山《よこやま》と名乗ったそうだ。おそらく、頭に浮かんだ偽名を口にしたのだろう。

「牢人は、小田切源五郎と名乗らなかったか」

天野が訊いた。小田切は実名とみていたのだ。

「いえ、牢人と遊び人ふうの男は、名乗りませんでした」

牧右衛門が言った。

「そうか。……ところで、四人ともまったく知らぬ男か」

「は、はい」

牧右衛門は首をひねった。記憶にないのであろう。

すると、脇に座していた番頭が、

「船頭の与吉《よきち》が、遊び人ふうの男を知っていると言ってましたが……」

と、口をはさんだ。

番頭の話では、与吉は四人組が店に入ってきたとき、土間にいた船頭のひとりだという。

「与吉は店にいるのか」

「桟橋にいるはずです」

「呼んでくれ」

天野は、与吉から話を訊いてみたいと思った。

番頭はすぐに立ち上がり、近くにいた手代に、与吉を呼んでくるように話した。

いっときすると手代が、印半纏に股引姿の男を連れてきた。三十がらみ、陽に灼《や》けた赤銅色の顔をしていた。

「与吉か」

天野が声をかけた。

「へい」

与吉の顔がこわばっていた。八丁堀同心を目の前にして、緊張しているようだ。

「四人組が金を脅しとったさい、遊び人ふうの男がひとりいたそうだが、与吉、その男を知っているのか」

「知ってるってほどじゃァねえが……」

与吉は上目遣いに天野を見ながら、語尾を濁らせた。

「名は？」

「民造《たみぞう》でさァ」

与吉によると、民造は両国橋界隈を縄張りにしている遊び人で、与吉が仲間の船頭と薬研堀《やげんぼり》の飲み屋で飲んだとき、民造に因縁をつけられ、喧嘩になりそうになったという。

「そんとき、店にいっしょに来ていた牢人が、民造と呼んだのを聞いたんでさァ」

与吉が言い添えた。

「牢人の名は？」

天野は、小田切ではないかと思ったのだ。

「牢人の名は聞きやせんでした」

与吉たち船頭仲間は、牢人が刀に手をかけたので、慌てて逃げ出し、ことなきを得たという。

「ところで、この店に民造といっしょに来たふたりの武士を見たな」

天野が声をあらためて訊いた。

「へい」

「そのふたりは、知らないのか」

「知りやせん」

与吉が戸惑うような顔をして言った。

「そうか」

天野は、とりあえず両国橋界隈を探ってみようと思った。

それから、天野は牧右衛門、番頭、それに事件のおりに店内にいた手代や丁稚などからも一通り話を聞いたが、四人組をつきとめるような手掛かりは得られなかった。

「また、寄らせてもらうかもしれん」

そう言い置いて、天野は竜之助を連れて松本屋を出た。

陽は西の空にかたむいていたが、まだ陽射しは強かった。八ツ半（午後三時）ごろであろうか。

「天野さま、どうしますか」

竜之助が跟《つ》いてきながら訊いた。

「せっかくだ。両国にまわってみよう」

「民造を捜すのですね」

竜之助が目をひからせて訊いた。

「いや、おれたちが動きまわらない方がいいだろう」

天野は、両国や本所を縄張りにしている岡っ引きに民造を捜させようと思った。こうした探索には、天野より土地の岡っ引きの方がはるかに長《た》けているのだ。両国界隈を縄張りにしているのは、島七《しましち》という老練の岡っ引きだった。民造のことを知っているかもしれない。

天野と竜之助は、大川端の道を川上にむかって歩いた。

天野と竜之助の跡を尾《つ》けている男がいた。黒の半纏に股引姿で、手ぬぐいで頬っかむりしていた。船頭ふうの男である。

男は松本屋の近くの樹陰にいて、天野たちが店から出てきたときから、跡を尾け始めたのだ。男は通行人の後ろに身を寄せたり、岸辺の樹陰に身を隠したりして天野たちの跡を尾けていく。

天野たちは両国橋の東の橋詰に出ると、右手の路地へ入った。そこは、本所元町である。細い路地だが、人通りは多かった。料理屋、そば屋、絵草紙屋、小間物屋などが通り沿いに建ち並び、店者《たなもの》、職人ふうの男、遊山客、町娘などが行き交っている。

「この店だったな」

天野は「笹乃屋《ささのや》」という小体なそば屋の前に足をとめて、暖簾をくぐった。島七が女房にやらせている店である。

尾行してきた男はそば屋の前まで来ると、店先に目をやったが、立ちどまることもなく通り過ぎた。そのまま通行人のなかへまぎれていく。天野たちの尾行を、それ以上つづける気はないようだ。

3

隼人は利助を連れて日本橋小網町に来ていた。福田屋に小田切一味と思われる四人が、店仕舞いする前に踏み込んできて二百八十両の金を脅しとったと、天野から聞いたからである。

すでに事件の子細は天野から聞いていたが、隼人は自分でも店の者から話を聞いてみようと思ったのだ。

福田屋は、日本橋川沿いにあった。米問屋の大店らしい土蔵造りの二階建ての店舗を構えていた。脇には米をしまう倉庫があり、裏手には土蔵もあった。

福田屋の近くまで来たとき、店先の暖簾をくぐって女がひとり、せわしそうな足取りで出てきた。

……あれは、おゆきだ。

隼人は路傍に足をとめ、おゆきに目をやった。

おゆきは、思いつめたような顔をして足早に隼人たちの方へやってくる。路傍に立っている隼人と利助には気付かないようだ。

隼人はおゆきが通り過ぎると、

「利助、あの娘を尾けてくれ」

と、小声で言った。

「旦那、武家の娘のようですが、だれです」

利助が訊いた。

「今川町で斬られた関口の妹だ。何かあったら、すぐに知らせてくれ」

おゆきが単独で事件の探索をしているのなら、あぶない、と隼人は思ったのだ。

「承知しやした」

利助は、すぐにおゆきの跡を尾け始めた。

隼人は利助の後ろ姿を見送ってから、福田屋の暖簾をくぐった。ひろい土間の先に帳場があった。帳場格子の奥に番頭らしき男が座っていた。帳面を繰っている。

土間には米俵が積まれていた。手代が商家の旦那ふうの男と何やら話していた。取引先の米屋と商談をしているのかもしれない。

「ごめんよ」

隼人が声をかけると、番頭らしき男が気付いてすぐに腰を上げた。腰をかがめ、揉《も》み手をしながら上がり框のそばに出てきた。隼人は八丁堀ふうの巻き羽織姿だったので、すぐに町方同心と分かったようだ。

「これは、これは、八丁堀の旦那、ごくろうさまです」

番頭らしき男は、愛想笑いを浮かべて言った。

「南町《みなみ》奉行所の長月だが、番頭か」

「はい、番頭の富蔵《とみぞう》でございます」

「訊きたいことがあるのだが、あるじはいるか」

隼人は腰に帯びていた愛刀の兼定《かねさだ》を鞘ごと抜いて上がり框に腰を下ろした。

兼定は、関物《せきもの》と呼ばれた大業物を鍛えたことで知られる名匠である。隼人の腰に帯びている兼定も、切れ味のするどい剛刀だった。

通常、町方同心は下手人を斬らずに生け捕りにすることが求められていたので、刃引きの長脇差を差している者が多かった。ところが、隼人は鋭利な兼定を愛用していたのだ。

父親の藤之助が無頼牢人に斬殺されたこともあるが、隼人には、……生け捕りにするときは、峰打ちにすればよい。

との思いがあったからである。

「はい、すぐに、呼んでまいります」

富蔵はそう言い残し、そそくさと帳場の脇の廊下から奥へむかった。

土間に積まれた米俵のそばにいた手代と米屋の旦那ふうの男は、隼人のことを町方同心と気付いたらしく、米俵の向こう側へまわった。遠慮したのだろう。

いっとき待つと、富蔵がほっそりした初老の男を連れてきた。鼻梁が高く、顎がとがっている。唐桟の羽織に、格子縞の小袖姿だった。大店の旦那ふうの身装《みなり》である。

初老の男は、隼人の脇に膝を折ると、

「あるじの伊勢蔵でございます」

と言って、低頭した。

富蔵は伊勢蔵からすこし身を引いて膝を折った。

「長月だが、事件のことで訊きたいことがあってな」

「災難でございました」

伊勢蔵は膝の上で両手を握りしめ、隼人に顔をむけた。いくぶん顔が強張《こわば》っていたが、物言いは静かだった。

「事件のことに触れる前に訊きたいことがあるのだが、さきほど店から出ていった武家の娘がいたな」

「は、はい」

「顔見知りの娘なのだが、この店に何しに来たのだ。……まさか、米の商談に来たわけではあるまい」

隼人が訊いた。

「事件のことを調べているともうされ、いろいろと訊かれましたので、知っていることはお話しいたしました。……まずかったでしょうか」

伊勢蔵が戸惑うような表情を浮かべた。

「かまわんが、下手人を探ろうとしていたのか？」

「それが、どうも、はっきりしません。四人のなかにいたふたりの武士のことばかり、お訊きになりました」

「いったい、何を訊いたのだ」

おゆきは兄の敵をつきとめるために、福田屋に来たのではあるまいか。

「名や体軀、年格好など、こまかなことをお訊きになりました」

「そうか」

思ったとおりだった。おゆきは、下手人の探索ではなく、兄の敵をつきとめようとしているのだ。

……あやうい。

と、隼人は思った。

関口を斬った者が知れれば、おゆきを始末しようとするだろう。女とて容赦しないはずだ。

そのとき、女中が茶を運んできた。富蔵が奥へ伊勢蔵を迎えにいったとき、茶を淹《い》れるよう話しておいたのだろう。

女中が淹れた茶で喉をうるおしてから、

「事件の様子を話してくれ」

隼人があらためて言った。

「ちょうど暮れ六ツ（午後六時）時《どき》でした。店の者が店仕舞いし始めたとき、突然四人の男が店に入って来たのです」

そう前置きして、伊勢蔵がそのときの様子を話した。

一味は御家人ふうの武士がふたり、牢人がひとり、それに遊び人ふうの男がひとりだという。四人とも、頰隠し頭巾や手ぬぐいで頰っかむりしていたので、顔ははっきり分からなかったそうだ。

「背丈のある武士が、腰の刀を鞘ごと抜き、これは関孫六《せきのまごろく》が鍛えた名刀だから、千両で買え、と言いだしたのです」

伊勢蔵が苦々しい顔をし、

「鈍刀《なまくら》です」

と、言い添えた。

関孫六は兼定と同じ、切れ味の鋭い関物を鍛えたことで知られ、関物といえばかならず孫六の名が出るほどの名匠である。むろん、武士が持参した刀は、関孫六の鍛刀ではないだろう。

その後の伊勢蔵と長身の武士のやり取りは、松本屋のそれと変わりがなかった。隼人は、まだ松本屋の主人から直接話を聞いてなかったが、天野から報告を受けていたのだ。

「ところで、あるじも奉公人も、四人の男のことは知らないのだな」

隼人が念を押した。おそらく、伊勢蔵は天野や岡っ引きたちに何度も訊かれているだろう。

「はい、顔ははっきりしませんでしたが、会った覚えのない者たちです」

「牢人は小田切源五郎という名らしいが、小田切のことは？」

「小田切という名だけは、手代の政次郎《まさじろう》が知っておりましたが……」

伊勢蔵が、ただ、名を聞いたことがあるだけのようです、と小声で言い添えた。

「政次郎を呼んでくれ」

隼人は念のために直接訊いてみようと思った。

「少々、お待ちを」

番頭の富蔵が、すぐに腰を上げ、帳場の脇から奥へむかった。

いっとき待つと、富蔵が三十がらみのほっそりした男を連れてきた。色白で目の細い優しげな男だった。

男は隼人の前に膝を折ると、

「政次郎でございます」

と、名乗った。声がうわずっていた。隼人を前にして緊張しているらしい。

「政次郎、小田切源五郎を知っているそうだな」

隼人が切り出した。

「名前を聞いたことがあるだけでございます」

政次郎が顔をこわばらせて言った。

「だれに聞いたのだ」

「横山町の戸田屋《とだや》さんです」

戸田屋は舂米屋《つきごめや》で、あるじは久助《きゅうすけ》という名だそうだ。政次郎は、米の商いで久助と話したとき、小田切という牢人に因縁をつけられて困っている、と久助が洩らしたという。

「そのとき聞いた小田切という名を覚えていたのです」

政次郎が言った。

「そうか」

隼人は、明日にでも戸田屋へ足を運び、久助から話を聞いてみようと思った。

それから、隼人は半刻（一時間）ほど、伊勢蔵や奉公人から話を聞いたが、四人組を手繰《たぐ》るためのあらたな手掛かりは得られなかった。

「邪魔したな」

そう言い置いて、隼人は福田屋を出た。

まだ陽は、西の空にあった。七ツ（午後四時）ごろであろうか。隼人は戸田屋へ行くのは明日にして、紺屋町に足をむけた。豆菊に行くつもりだった。おゆきの跡を尾けた利助のことが気になっていたのである。

4

利助は豆菊にもどっていなかった。隼人が奥の小座敷で八吉を相手に一杯に飲んでいると、利助がもどってきた。

「旦那、ここにいやしたか」

利助がげんなりした顔で言った。だいぶ歩きまわったらしい。

「ともかく、ここに腰を下ろせ」

隼人が言った。

「一杯やってから、旦那にお話ししな」

八吉は利助を座らせると、猪口を持たせて酒をついでやった。

「へい」

利助は猪口の酒を一気に飲み干し、ひとつ大きく息を吐いてから、

「おゆきさまは、今川町へ行きやしたぜ」

と、身を乗り出すようにして言った。

「今川町のどこへ行ったんだ」

「小田切の塒《ねぐら》だった家でさァ」

「関口が斬られた借家だな。……そこで、おゆきは何をしたのだ」

隼人が訊いた。

「近所をまわって話を訊いてやしたぜ」

「小田切の居所を探っているのだな」

隼人は、まずい、と思った。

おゆきは、小田切たちの目の前を歩きまわっているようなものである。小田切たちは、すぐにおゆきのことを知るだろう。

「旦那、おゆきさまをこのままにしておいて、いいんですかい」

利助も、危惧《きぐ》しているようだ。

「勝手に歩きまわらないように、釘を刺しておこう」

隼人は、明日にもおゆきに会って話そうと思った。一刻も早く兄の敵を討ちたい気持ちは分かるが、焦ると返り討ちに遭う。

「旦那の方はどうでした」

利助が訊いた。

「小田切をたぐってみるつもりだ」

隼人は、福田屋で聞き込んだことを話してから、明日にも戸田屋に足を運んでみるつもりだと言い添えた。

「あっしも、お供しやすぜ」

すぐに、利助が言った。

「いや、利助に頼みたいことがある」

「なんです？」

「綾次、それに繁吉《しげきち》と浅次郎《あさじろう》にも声をかけて、小田切ともうひとりの遊び人ふうの男を捜してくれ。名は民造という。……小田切の塒が今川町にあったことからみて、深川と本所を探れば、小田切と民造の尻尾がつかめるかもしれねえ」

隼人が言った。

繁吉は、隼人が手札を渡している岡っ引きのひとりだった。ふだんは、深川今川町の船木屋《ふなきや》という船宿の船頭をしている。繁吉なら、小田切の噂を耳にしているかもしれない。浅次郎は、本所北本町の八百屋の倅で、ふだんは八百屋の手伝いをしているが、繁吉の下っ引きである。

「繁吉なら、きっと嗅ぎ出しやすぜ」

利助が目をひからせて言った。

それから、隼人は八吉と利助を相手に半刻（一時間）ほど飲んでから腰を上げた。

店の外に出ると、辺りは夜陰におおわれていた。静かな宵だった。澄んだ月が、青磁色の淡いひかりで町筋をつつんでいる。

戸口まで送りに出た八吉と利助が、提灯《ちょうちん》を持っていくか訊いたが、

「いい月だ。提灯は野暮だぜ」

そう言って、隼人は懐手をして歩きだした。


翌朝、隼人は朝餉を終え、いっときしてから関口家へ足をむけた。通り沿いには、町方同心の組屋敷がつづいていたが、同心の姿はなかった。すでに、町方同心の出仕時間とされている五ツ（午前八時）は過ぎていたのである。

関口家の近くまでくると、屋敷をかこった板塀の向こうから、甲走った気合と木刀を打ち合う音が聞こえてきた。だれか、剣術の稽古をしているらしい。

隼人は板塀に身を寄せて、隙間からなかを覗いてみた。

おゆきと竜之助である。ふたりとも、勇ましい格好だった。おゆきは、島田髷の上に白鉢巻をし、襷《たすき》で両袖を絞っていた。足元は白足袋に草鞋履きである。竜之助も白鉢巻に襷がけで、袴の股だちを取り、草鞋で足元をかためていた。

ふたりは木刀を手にしていた。竜之助だけでなく、おゆきも木刀を遣って剣術の稽

古をしているようだ。

竜之助は剣術の心得があるらしく、構えや太刀筋がさまになっていたが、おゆきはまったくだめだった。青眼に構えているらしいが、屁っぴり腰で木刀の先が上空をむいている。

ただ、ふたりとも必死の顔付きだった。目をつり上げ、歯を食いしばって木刀を打ち合っている。

「竜之助、わたしを敵と思い、打ち込んできなさい！」

おゆきが叱咤《しった》するような声で言った。

「はい！」

言いざま、竜之助が打ち込んだ。

振りかぶりざま、真っ向へ。ゆっくりとした打ち込みで、木刀はおゆきの頭上でとまった。竜之助が手の内を絞ってとめたのである。

おゆきが慌てて木刀を振り上げて、竜之助の木刀を払った。

戛《カツ》、と乾いた音がひびいて、竜之助の木刀が撥《は》ね上がった。

そこまではよかったが、おゆきは後ろに身を引きざま木刀を払ったので、体勢がくずれ、後ろに尻餅をついた。

「姉上！　だいじょうぶですか」

竜之助が走り寄った。

「大事ありません」

おゆきは顔をしかめて立ち上がり、

「竜之助、もう一手！」

と、目をつり上げて言った。

……見ちゃァいられねえ。

隼人は苦笑いを浮かべながらつぶやいた。

竜之助はともかく、おゆきはいまになって剣術の稽古を始めても無駄だろう。それにしても、顔に似合わず気丈な娘だ、と隼人は思った。

5

隼人はしばらく板塀の陰から竜之助とおゆきの稽古の様子を見ていたが、枝折り戸を押して縁先へ足をむけた。

「長月さま！」

竜之助が、隼人の姿を目にして声を上げた。

おゆきも構えていた木刀を下ろし、隼人に顔をむけた。色白の肌が紅潮して、ほんのりと朱に染まっていた。顔に汗が浮き、ひかっている。

「剣術の稽古か」

隼人は姉弟に歩を寄せた。

「はい、兄の敵に一太刀なりともあびせたいのです」

おゆきが、昂《たかぶ》った声で言った。

「そうか」

隼人は、おゆきの必死の面持ちを目の前にして、無駄だから、やめろ、とは言えなかった。

「長月さま、兄の敵が知れましたか」

竜之助が勢い込んで訊いた。隼人が訪ねて来たので、吉報かと思ったらしい。

「いや、まだだ。ふたりに話があってな」

隼人は、おゆきが敵を探して、ひとりで歩きまわるのだけはやめさせようと思った。

「なんでしょうか」

おゆきが隼人に歩を寄せた。

「おゆきどのを福田屋の近くで目にしてな。敵をつきとめようと、探っていたのかな」

隼人は穏やかな物言いをした。

「はい、兄の敵が何者なのか、一刻も早く知りたいと思いまして」

おゆきは、悪びれることなく言った。

「関口を斬った男は、腕が立つとみている」

隼人が言った。

「…………」

おゆきと竜之助は、口をつぐんで隼人を見つめている。

「腕が立ち、しかも非道な男であろう。……おれは、一味の隠れ家が深川か本所にあると睨んでいるのだ。おゆきどのが敵《かたき》を捜していると知ったら、すぐに姿を消すだろう。下手をすると、江戸から逃走するかもしれん。そうなると、敵を討つのはむずかしくなる」

隼人は、敵がおゆきの命を狙うとは言わなかった。おゆきは、命を狙われても敵を捜すと言い出すにちがいないのだ。

「そんな……」

おゆきが、戸惑うような顔をした。

「敵を捜すとなると、おゆきどのは女の身ゆえ、どうしても人目を引く。それに、女の敵討ちとなれば、江戸中の評判になる。すぐに、敵の耳に入るだろう」

「長月さま、ゆきはどうすれば……」

おゆきが、すがるような目を隼人にむけた。

「敵を捜しだすのは、おれや天野にまかせてもらいたい」

隼人が言うと、

「わたしは、天野さまとともに敵を捜したいのですが」

竜之助が身を乗り出すようにして言った。

「竜之助はかまわないだろう。いずれ、見習いとして出仕する身だからな」

それに、天野は敵を捜しているわけではない。小田切をはじめとする強請り一味を捕縛しようとしているのだ。

「わたしは、何をすればいいのです」

おゆきが眉宇を寄せて訊いた。

「おゆきどのは、敵に一太刀なりともあびせたいと言ったな」

「はい」

「さきほど、ふたりの稽古を目にしたが……。おゆきどの、剣術の稽古は初めてではないのか」

「そうです」

おゆきは素直に答えた。

「母御のこともあろうし、しばらく、家で剣術の稽古をされたらどうかな」

「は、はい」

おゆきが、ちいさくうなずいた。

「小太刀がいいな」

おゆきのような娘が、にわか稽古で刀を振りまわすのは無理だろう。

「長月さまが、指南していただけますか」

おゆきが訊いた。

「い、いや、おれは、一味の探索にあたらねばならぬ」

隼人には、おゆきの稽古相手をしている暇はなかった。

「ですが、わたしは小太刀の手解《てほど》きを受けたことがありません」

おゆきは困ったような顔をした。

「そうだ。天野がいい。……天野は竜之助と探索にむかうおり、この家にも立ち寄るのではないのか。そのとき、手解きを受けるといい」

隼人が言った。天野に押しつけることになるが、やむを得ない。それに、天野は女にやさしいので、おゆきに指南するには適任だろう。

「天野さまに……」

おゆきの視線が揺れ、恥ずかしげな色が浮いたが、すぐに気丈そうな表情にもどった。

「竜之助、今日も天野と探索に出かけるのか」

隼人は竜之助に目をむけて訊いた。

「はい、両国に行くことになっています」

竜之助によると、民造の塒を捜しに行くという。

「民造から、関口を斬った男を手繰れるかもしれんな」

隼人は、民造のことも天野から聞いていたのだ。四人のなかのひとりが捕らえられれば、他の仲間の居所もつかめるかもしれない。

「そろそろ、天野さまが見えられるころです」

竜之助が枝折り戸の方へ目をやっていた。

おそらく、天野は奉行所に出仕してから探索に出かけるのだろう。両国へ向かう途中、八丁堀を通るらしい。

「おれは、退散しよう」

そう言い置いて、隼人はその場を離れた。

6

「天野さま、ゆきに小太刀のご指南を――」

おゆきが、天野を見つめて言った。

隼人が枝折り戸から出ていった後、いっときして天野が姿を見せたのだ。天野は小者の与之助を連れ、両国へむかう途中だった。

「小太刀の指南だと」

天野が驚いたような顔をした。寝耳に水だったのであろう。

「さきほど、長月さまが見えられ、天野さまから小太刀の指南を受けるようにとおっしゃられたのです」

「長月さんが」

「はい」

おゆきが答えると、脇に立っていた竜之助もうなずいた。

「どういうことだ？」

天野には、隼人の意図が読めなかった。

すると、竜之助がおゆきに替わって言った。

「長月さまは、姉に敵を捜すより、家にいて剣術の稽古をしたらどうかとおっしゃられたのです。ただ、姉には刀をあつかうのは無理なので、小太刀がよいとのことでした」

「そうか……」

天野にも、隼人の意図が読めた。隼人はおゆきの身を守るために、家にとどまるよう言い含めたようだ。天野も、おゆきが敵を捜して市中を歩きまわるのはあぶないとみていたので、おゆきが家にとどまるのはいいことだと思った。

「天野さま、ゆきに、ご指南を」

おゆきが訴えるように言った。

「おれは、探索に出ねばならんし……」

天野は困惑した。関口家にとどまり、おゆきの小太刀の稽古相手をしているわけにはいかなかった。

天野は何とかごまかして、この場から退散するよりないと思った。

「おゆきどの、小太刀は何より構えと、一瞬の動きを迅くすることが肝要でござる」

天野がもっともらしい顔をして言った。

天野は剣の心得はあったが、小太刀を修行したわけではなかった。構えと一瞬の動きが大事なのは、剣術のみならず他の武芸でも共通することであろう。

「はい！」

おゆきが顔をひきしめた。

天野は縁先にあった木刀を手にすると、右手に持ち、切っ先を前に突き出すように構えた。半身に構え、左手を腰に当てている。

「このように構え、背筋を伸ばしたまま気合とともに斬り下ろします」

天野が構えたまま言った。

「は、はい」

おゆきは真剣な顔付きで天野の構えに見入っている。

「体捌きは送り足にて——」

言いざま、天野が、ヤアッ！　と気合を発して、木刀を振り下ろした。

「いかがですか」

「分かりました。やってみます」

おゆきが木刀を手にして身構えようとした。

「まだ、おゆきどのには、片手で木刀を振るのは無理でしょう。古い懐剣がありますか」

「ございます」

「それを振ってみるといい。ただ、無理をすると体を痛めます。今日は、半刻（一時間）ほどでやめられるように」

「はい！」

おゆきが目をかがやかせ声を上げた。

「帰りに寄ってみます。……では、これにて」

そう言うと、天野は急いできびすを返した。

慌てて、竜之助が追ってきた。

組屋敷を出た天野と竜之助は、日本橋川の方へ足をむけた。日本橋川にかかる江戸橋を渡って、両国へ出るつもりだった。与之助は黙って天野に跟《つ》いてくる。

天野たちは両国橋を渡ると、東の橋詰に出て本所元町の路地へ入った。まず、島七に会って探索の様子を訊こうと思ったのである。

天野は「笹乃屋」の前で足をとめた。小体な店だが洒落た造りで、戸口は格子戸になっていた。

天野は暖簾をくぐると、追い込みの座敷にいた年増に、

「女将《おかみ》、島七はいるか」

と、声をかけた。

女将の名はお峰《みね》。島七の女房である。面長で細い目をしていた。

客は追い込みの座敷に、職人ふうの男がふたりいた。そばをたぐっている。

「すぐ呼びます」

お峰は慌てた様子で、奥の板場にむかった。板場といっても、土間の一角に板戸が立ててあるだけである。

その板戸があいて、五十がらみの浅黒い顔をした男が出てきた。島七である。前だれをかけていた。店の手伝いをしていたらしい。

「旦那に、わざわざ足を運んでもらっちゃァもうしわけねえ」

島七は照れたような顔をして近付いてきた。

「なに、見まわりの途中だ」

天野は、ふたりの客から離れた追い込みの座敷の隅に腰を下ろした。竜之助と与之助も、殊勝な顔をして天野の脇に膝を折った。

「旦那、そばでも作りやしょうか」

島七が小声で訊いた。

「いや、いい。様子を聞いたらすぐに出るつもりだ。これから、まわるところがあってな」

天野は、商売の邪魔をしたくなかったのだ。

「そうですかい」

島七は、上がり框に腰を下ろした。

「どうだ、民造の塒は知れたか」

天野が声をひそめて訊いた。

すでに、天野は民造が小田切たちの仲間らしいことを島七に話し、塒をつきとめるよう指示していたのだ。

「民造の塒は知れやしたが、ちかごろ、そこに姿を見せねえようでさァ」

島七が上目遣いに天野を見ながら言った。猟犬を思わせるような目である。

「探索に気付いて、姿を隠したのか」

「それが、長屋を出た様子もねえんで」

島七によると、民造の塒は日本橋馬喰町《ばくろちょう》にある長屋だが、引っ越した様子はないという。

「あっしは、民造の家を覗いてみたんですがね。夜具や着物は置いてあったんでさァ。それに、神棚には匕首《あいくち》が置いてありやしたぜ」

「引っ越したわけではないな」

夜逃げにしろ、着物や匕首ぐらいは持って出るだろう。

「やつは、時に帰ってくるんじゃァねえかとみてやしてね。ときおり、覗いてみるんでさァ」

「せっかくだ。おれも覗いてみるか」

天野は、民造の隠れ家を見てみようと思った。

「ですが、旦那が長屋に踏み込めば、すぐに民造に知れやすぜ」

島七が渋い顔をした。

「分かった。そばを通るだけにしよう」

島七の言い分はもっともである。天野は小袖を着流し、巻き羽織という八丁堀独特の格好で来ていた。天野が長屋に踏み込めば、町方が目をつけた、と民造に知らせてやるようなものである。

「あっしが、案内しやすぜ」

島七が立ち上がった。

天野たちは島七の案内で、馬喰町にむかった。両国橋を渡り、賑やかな西の橋詰を通り過ぎて浅草御門の前を左手におれた。そこは日本橋に通じる表通りで、大勢の通行人が行き交っていた。

馬喰町二丁目に入ってすぐ、馬喰町はその通り沿いにひろがっている。島七は右手の細い路地におれた。小店や表長屋などがごてごてとつづく裏路地である。

裏路地を一町ほど歩いたところで、島七が路傍に足をとめ、

「その路地木戸の先でさァ」

と言って、小体な八百屋の脇にある路地木戸を指差した。

「なんという長屋だ」

「徳兵衛店《とくべえだな》で」

それだけ言うと、島七は歩きだした。路地木戸のそばに立っていたのでは、近所の者が不審に思うからである。

路地木戸から一町ほど離れたところで、天野は足をとめた。

「島七、やつが長屋にもどったら知らせてくれ」

後は、島七にまかせようと思ったのである。

「へい」

「油断するなよ。小田切たちは、関口さんまで斬ったのだからな」

そう言いおいて、天野は日本橋の方へ足をむけた。竜之助と与之助は後ろから跟《つ》いてくる。

7

天野たちは、浜町河岸につづく掘割のところまで来て左手におれた。堀沿いの道を大川方面にむかって歩いていく。

天野には、もうひとり話を訊きたい男がいた。岡っ引きの盛助《もりすけ》である。盛助は日本橋界隈を縄張りにしていた。天野は、福田屋の近辺で小田切たち四人のことを聞き込んでみろ、と盛助に指図しておいたのだ。それというのも、盛助は小網町の廻船問屋の船頭だったこともあり、小網町界隈の遊び人や地まわりなどに顔が利いたからである。

天野たち三人は、浜町河岸へ出てから手頃なそば屋を見つけて遅い昼食をとった。腹ごしらえをしてから、天野たちは浜町堀に足をむけた。いっとき浜町堀沿いの道を歩き、千鳥橋のたもとまで来て足をとめた。

「盛助の家は、あれだ」

天野が、小体な古着屋を指差した。

床店をすこし大きくしたような家で、店先に古着がぶら下がっていた。盛助は、ふだん古着屋をして暮らしをたてていたのである。

天野たちは古着屋に入り、盛助から話を聞いた。

だが、小田切たちの居所をつかむような手掛かりは得られなかった。

「旦那、ちょいと気になることを聞き込んだんですがね」

話が一段落したところで、盛助が小声で言った。

「なんだ？」

「へい、福田屋の船頭から聞いたんですが、小田切たちが店に来る三日前《めえ》に、民造と船頭らしい男が、暮れ六ツ（午後六時）ちかくに福田屋の店先を見張ってたらしいんでさァ」

「なに、船頭らしい男だと」

思わず、天野が聞き返した。

これまで、小田切たち一味は四人ということになっていた。町人は民造だけである。もうひとり、町人がいるとなると、一味は五人ということになる。

「船頭らしい男の名は、分かるか」

天野が訊いた。

「それが、名も塒も分からねえんで」

盛助が首をすくめるようにして言った。

「盛助、その船頭らしい男を追ってくれ」

「承知しやした」

盛助が目をひからせてうなずいた。

それから小半刻(三十分ほど)、天野は盛助に福田屋の奉公人のことや商売の様子などを聞いてから腰を上げた。

古着屋を出ると、辺りは淡い夕闇に染まっていた。まだ、暮れ六ツ前のはずだが、西の空に黒雲がひろがり、夕日をおおってしまったせいらしい。

天野たち三人が、浜町堀沿いの道を大川の方へむかって歩きだしたときだった。堀沿いの柳の樹陰にいた男がひとり、通りへ出てきた。黒の半纏に股引。手ぬぐいで頰っかむりしている。船頭ふうの男だった。この男は、以前も天野と竜之助の跡を尾けたことがあった。

船頭ふうの男はいっとき天野たちの跡を尾けた後、浜町河岸沿いの道から細い脇道に走り込んだ。

天野たち三人は浜町堀にかかる栄橋のたもとまで来た。そのとき、前方から歩いてくるふたりの武士に目をとめた。ふたりとも、羽織袴姿で二刀を帯びている。御家人か江戸勤番の藩士といった格好である。

ただ、ふたりとも網代笠《あじろがさ》をかぶっていた。辺りが薄暗いだけに異様な感じがした。

ふたりは、足早に天野たちの方へ近付いてくる。ひとりは中背で、もうひとりは長身だった。

……あやつら、何者だ！

ふたりの身辺に殺気がある。

ふたりの武士が半町ほどに近付いたとき、天野は足をとめた。長身の男の左手が刀の鍔元《つばもと》に添えられているのを目にしたのだ。長身の武士が刀の鯉口《こいぐち》を切り、抜刀体勢をとったのである。

「旦那、後ろからも来やす！」

後ろにいた与之助が、声を上げた。

振り返ると、牢人体の男と遊び人ふうの男が、小走りに迫ってくる。ふたりとも手ぬぐいで頬っかむりしていた。

……小田切と民造だ！

すぐに、天野は小田切たち四人だと察知した。ここで天野たちを挟み撃ちにするために待ち伏せていたにちがいない。

天野はすばやく周囲に目をやった。逃げ道を探したのである。だが、逃げ場はなかった。右手は浜町堀で、左手は店仕舞いした小体な表店がつづいている。小田切たちは、逃げ場のないこの場を選んで仕掛けてきたようだ。

「竜之助！ 堀を背にしろ」

天野が叫んだ。

天野は小田切たちに太刀打ちできないと踏んだが、それでも背後にまわられないよう浜町堀を背にしたのである。

竜之助は目をつり上げ、必死の形相で刀を抜いた。切っ先がワナワナと震えている。

与之助は十手を手にしたが、顔が蒼ざめ、腰が引けていた。

走り寄った三人の武士は、天野と竜之助を取りかこむように三方に立った。民造と思われる町人は、後ろに身を引いている。

ふたりの武士は、網代笠をかぶったままだった。小田切と思われる牢人は、手ぬぐいで頰っかむりして顔を隠している。ただ、手ぬぐいの間から、厚い唇とギョロリとした目が見えた。

「うぬら、関口さんを斬った者たちだな！」

天野が声を上げた。

三人は無言のままだった。天野の前に立った長身の武士が抜刀した。つづいて、中背の武士と小田切も刀を抜いた。

「兄の敵！」

竜之助がひき攣《つ》ったような声を上げ、切っ先を長身の武士にむけた。竜之助は関口を斬った武士は長身だと聞いていたのだ。

一瞬、長身の男の口元がゆがんだ。兄の敵と叫ばれ、竜之助が何者か分かったのかもしれない。

「うるさい犬は、始末するしかないのでな」

長身の武士が、くぐもった声で言った。

「うぬら、何者だ！」

天野は長身の武士に切っ先をむけて誰何した。幕臣ではないようだし、小田切のように金だけが目当ての無頼牢人にも見えなかったのだ。

「問答無用！」

長身の男は、青眼に構えていた切っ先を下ろし、下段に構えた。

奇妙な構えだった。下段というより、ただ足元に刀身を垂らしているだけに見えた。構えに覇気がなく、気魄で攻めようとする気配もない。

ただ、天野は異様な威圧を感じた。両肩を垂らし、ぬらりと立っている長身の男の身構えには、敵を竦ませるような不気味さがあったのだ。

……遣い手だ！

と、天野は察知した。

天野は青眼に構え、切っ先を敵の喉元につけた。

長身の武士が、つぶやくような声で言った。

「霞返《かすみがえ》し……」

霞返しとは、長身の武士の遣う剣の名らしい。この下段の構えから、斬り込んでくるのであろう。

天野と長身の武士との間合は、およそ三間半。まだ、斬撃の間境の外である。

長身の武士が、足裏を摺るようにしてジリジリと間合を狭めてきた。気合も発せず、気攻めもなかった。スー、と忍び寄ってくるような不気味さがある。

このとき、竜之助は中背の武士と対峙していた。中背の武士が竜之助の前にまわり込んだのである。

中背の武士は八相に構えた。腰の据わった大きな構えである。

対する竜之助は青眼だった。顔が蒼ざめ、中背の武士にむけられた切っ先が小刻みに震えていた。竜之助と中背の武士の腕の差はあきらかだった。

また、与之助には小田切が切っ先をむけていた。与之助は十手を手にしていたが、構えようとしなかった。戦意がなかったのである。恐怖で顔がゆがみ、膝がガクガクと震えている。

天野が竜之助と与之助を目の端にとらえ、

……皆殺しだ！

と思ったとき、総毛立つような恐怖に襲われた。天野の身が硬くなり、切っ先が小刻みに震えだした。これでは、勝負にならない。

長身の武士は、さらに間をつめてきた。

そのとき、栄橋の方から走り寄る複数の足音が聞こえた。

「待て！」

と声がし、足音が迫ってきた。

長身の武士が身を引き、足音の方へ目をむけた。

三人の武士が駆け寄ってくる。いずれも、羽織袴姿で二刀を帯びていた。長身の武士と同じように網代笠をかぶっている。

「黒田《くろだ》、われらが相手だ！」

三人の武士の先頭にいた大柄な武士が、長身の武士に迫りながら声を上げた。左手を刀の鍔元に添え、鯉口を切っている。

「引け！」

長身の武士が叫んだ。

すると、中背の武士と小田切が慌てて後じさり反転して駆けだした。

長身の武士もきびすを返して走りだし、

「命拾いしたな」

民造が、捨て台詞《ぜりふ》を残して逃げだした。

天野は抜き身を手にしたまま、逃げる四人の男たちに呆然と目をむけていた。すぐに、何が起こったか分からなかったのだ。

そこへ、三人の武士が走り寄ってきた。大柄な武士が天野の前で足をゆるめ、

「きゃつらを追うゆえ、これにて！」

そう言い残し、前を行くふたりの武士を追って足を速めた。

他のふたりの武士は、天野たちに目もくれず逃げる四人の後を追っていく。

「……何者であろう」

天野は、三人の武士の背を見ながらつぶやいた。

三人の武士が、長身の武士たちとかかわりのある者たちであることはまちがいなかった。それに、天野たちの敵ではないことも確かである。長身の武士たちが逃げだしたことからみても、三人とも腕が立つようだ。

「天野さま、兄の敵の名は黒田ですよ」

竜之助が昂《たかぶ》った声で言った。

「そのようだな」

天野も、走り寄った武士が、長身の武士にむかって黒田と呼んだのを聞いていた。

第三章　船問屋

1

「妙な雲行きになってきたな」

隼人が虚空に目をとめたまま言った。

隼人の家の縁先に、隼人と天野が腰を下ろしていた。六ツ半（午前七時）ごろであろうか。

隼人がいつもの朝のように髪結いの登太《とうた》に髪をあたらせていると、天野が姿を見せたのだ。

「長月さん、一昨日、小田切たちに襲われました」

天野はそう前置きして、一昨日、浜町堀沿いの道で小田切たち四人に襲われたことを話したのだ。

「そのとき、助けてくれた三人の武士は、名も告げずに、小田切たちの後を追って走り去りました」

　天野が言い添えた。

「その三人だが、幕臣か」

「はっきりしませんが、幕臣ではないような気がします」

　天野によると、三人の武士は小田切たち四人を捕縛しようとしたのではなく、長身の武士と中背の武士を斬るつもりのようだったという。

「いきなり斬ろうとしたことからみても、幕府の目付筋や火盗改ではないようです」

　天野が言った。

「とすると、大名家の家臣か」

　幕臣でも牢人でもないとすれば、江戸に住む藩士ということになろう。

「関口を斬った長身の武士は、黒田という名のようです」

「黒田か」

　隼人には、覚えのない名だった。

「それに、一味は四人ではなく五人のようです」

　天野が、船頭ふうの男のことを話した。

「いずれにしろ、ひとり捕らえて口を割らせることだな」

隼人は、民造と小田切のどちらかを捕らえるのが早いのではないかと思った。

「民造の塒はつかんだのですが、いないときが多いようです」

天野は、島七が探りだしたことを話した。

「民造は天野にまかせよう。おれは、小田切を追ってみる」

隼人がそう言ったとき、戸口に近付いてくる足音が聞こえた。足音はふたりである。

すぐに、訪《おとな》いを請う女の声がし、つづいておたえの廊下を歩く足音がした。おたえが応対に出たらしい。

戸口で女のやり取りが聞こえた。ただ、小声なので、何を話しているか聞き取れなかった。

話し声がやむと、廊下を歩く音がし、縁側につづく障子があいて、おたえが顔を出した。

「おゆきさんと竜之助さんが、見えてます」

おたえが言った。

「おれに用があって来たのか」

隼人が訊いた。

「いいえ、天野さまのようです」

なぜか、おたえは天野に意味ありそうな目をむけた。

「わたしが、ここにいることがどうして分かったのかな」

そう言いながら、天野が立ち上がった。

天野につづいて隼人も、縁先から戸口の方にむかった。おたえも、もっともらしい顔をして隼人の後から跟いてくる。

戸口におゆきと竜之助が立っていた。ふたりとも、物々しい扮装《いでたち》である。おゆきは、白鉢巻こそしていなかったが、着物の裾を帯に挟み、襷で両袖を絞っている。竜之助も、襷がけで、袴の股だちを取っていた。

「どうしたのだ、その格好は？」

隼人が訊いた。

「小太刀の稽古をしておりましたが、天野さまがおみえにならないので」

おゆきが真剣な顔で、天野の家にいき、ここにいると聞いてきたことを言い添えた。

「何かあったのか」

今度は、天野が訊いた。

「構えと振り下ろすだけで、敵を討てるのでしょうか」

おゆきが天野に身を寄せて言った。顔がきつかった。天野が小太刀の指南をしないので、しびれを切らしたのかもしれない。

「そ、それは……」

天野は返答に窮した。その場から逃げるために、おゆきに小太刀の構えと素振りをして見せたが、その後、竜之助の家の前を通っても庭に入らないようにしていたのだ。

「天野さま、わたしにも剣術の手解きをお願いいたします。一昨日、兄の敵と出会い、このままでは敵を討つことはできないと分かりました。……なにとぞ、手解きのほどを」

竜之助が思いつめたような顔で訴えた。

「…………」

天野は困惑したような顔をして身を引いた。隼人のような遣い手ならともかく、天野には姉弟に剣術の指南をする自信がなかった。それに、いまは剣術の指南をしているような余裕はなかったのだ。

「天野、指南してやれよ」

隼人が笑みを浮かべながら言った。

「ですが、これから民造の探索に出かけねばなりませんので」

天野が隼人にすがるような目をむけて言った。

「ならば、おれが、短刀による一撃必殺の法を教えよう」

隼人が言った。

「まことですか」

おゆきが目をかがやかせた。

「ああ、これしかないという技だ。おゆきと竜之助が、組んで闘うのだ」

そう言うと、隼人は戸口の草履を履いて、庭にまわった。

天野、おゆき、竜之助、それにおたえまでが、真剣な顔をして跟いてきた。

庭に立った隼人は、

「懐剣を貸してくれ」

と言って、おゆきの懐剣を手にした。

「刀は二尺四、五寸。一方、短刀は、およそ九寸。まともにやり合ったのでは、とてもかなわぬ」

「は、はい」

おゆきがうなずく、隼人の後ろにいたおたえもうなずいた。

「そこで、おゆきは敵の左手に立つ」

「左手ですね」

「そうだ、右手ではだめだ」

左手は、敵刃をあびる可能性が低かった。体の向きを替えないと斬れないからである。

「左手に立ったら、このように構える」

隼人は懐剣を胸の前に構えた。

「そして、敵に体ごと突き当たるように踏み込んで、胸のあたりを狙って突き刺すのだ」

隼人は懐剣を構えたまま踏み込み、突き刺す真似をして見せた。

「ですが、敵の腕《かいな》があるのでは……」

おゆきが訊いた。

「敵の腕が目に入ったら、体を敵の背のほうに寄せて突く。分かったかな」

「は、はい」

おゆきが、目をつり上げて言った。

「長月さま、わたしは？」

竜之助が訊いた。

「竜之助は右手前方。構えは八相」

隼人は手にした懐剣を八相に構えて見せた。

「はい！」

「そして、敵が斬り込むのを見てから、一歩踏み込んで袈裟に斬り下ろすのだ」

隼人はゆっくりと八相から斬り下ろして見せた。

「ふたりとも、他の構えや動きはいらない。いま、おれがして見せた技だけで敵を斃《たお》すのだ」

隼人は、いまさらふたりに構えや刀法を教えて稽古させても、どうにもならないとみていた。隼人か天野かが正面から挑み、敵が隙を見せた瞬間、姉弟が脇から踏み込んで突くなり斬るなりするしか方法はないのである。

「敵の名は黒田だそうだな」

隼人がおゆきに懐剣を返しながら訊いた。

「はい」

「ならば、黒田が己の前に立っていると思い、おれがいま言った方法で、おゆきは突き、竜之助は袈裟に斬り込むのだ」

「分かりました」

竜之助が声を上げると、おゆきも眦《まなじり》を決してうなずいた。

2

隼人はおゆきと竜之助を送り出した後、天野とともに組屋敷を出た。

「長月さん、わたしに剣術は指南できませんよ」

歩きながら天野が、苦笑いを浮かべて言った。

「おれにも、指南はできん。それに、いまさら姉弟に剣術の指南をしても何の役にも立たないだろう。……黒田という男は、並の遣い手ではないようだからな」

「そうです。霞返しとかいう剣を遣うようです」

天野が思い出したように言った。

「霞返しだと」

思わず、隼人が聞き返した。

「はい、低い下段で足元に刀身を垂らすように構えました」

「その下段からの初太刀は？」

「わかりません。ちょうど、黒田と相対したとき、駆け寄った三人の武士に助けられたので、一合も斬り結んでないのです」

「うむ……」

いずれにしろ、尋常な剣ではないような気がした。

そんなやり取りをしているうちに、隼人たちは日本橋川沿いの道まで来ていた。

「おれはこのまま深川へ行くが、天野は？」

隼人が訊いた。

「わたしは、出仕した後馬喰町へ」

天野は、馬喰町の民造の塒を覗いた後、島七に会って、その後の様子を訊いてみるつもりだった。

隼人は天野と別れ、霊巌橋《れいがんばし》を渡って霊巌島に出た。さらに、日本橋川にかかる湊橋《みなとばし》を渡って永代橋のたもとに足を運んだ。永代橋を渡れば、深川である。

隼人は深川今川町へ行き、繁吉に会うつもりだった。永代橋を渡り、大川沿いの道を川上にむかっていっとき歩くと今川町である。

大川沿いに船宿、船木屋があった。店先を覗き、女将に繁吉がいるか訊くと、

「桟橋にいるはずですよ」

と、女将が答えた。女将も、繁吉が仕事の合間に隼人の手先をしていることを知っていたのだ。

桟橋に行ってみると、船頭がふたりいた。ひとりは繁吉でもうひとりは初老の男で

ある。ふたりは、船底に胡座《あぐら》をかいて何やら話しながら莨《たばこ》を吸っていた。

「旦那！」

繁吉は隼人を目にすると、すぐに腰を上げた。三十がらみ、面長で細い目をしていた。長年船頭をしているせいか、陽に灼《や》けた浅黒い顔をしている。

「店で一休みしやすか」

繁吉が隼人に身を寄せて訊いた。隼人が、八丁堀から歩いて来たことを知っているのだろう。

「いや、歩きながら話そう」

「へい」

ふたりは、大川端を川下にむかってゆっくりと歩いた。

「それで、何かつかめたのか」

隼人は、利助を通して繁吉に民造と小田切のことを探ってくれと指示してあったのだ。

「小田切の様子は知れてきやしたが、民造の方はまだ……」

繁吉は語尾を濁した。民造の探索は進んでいないようだ。

「民造は天野が追っている。おれは、小田切から手繰るつもりでいるのだ」

隼人が言った。

「そいつはいいや」

「それで、小田切の塒がつかめたのか」

今川町の借家を出た後、小田切の塒は分からなかった。隼人は、小田切の居所が知れれば、捕縛してもいいと思っていた。

「塒は、まだでさァ」

「そうか。……小田切は、どんな男なのだ」

「札付の悪党でさァ」

繁吉によると、小田切は数年前から深川の富ヶ岡八幡宮界隈にある岡場所や賭場などに出入りするようになった徒牢人だという。金がなくなると、商家に因縁をつけて金を脅し取ったり、遊び人や地まわりなどから金を巻き上げたりしていたそうだ。

「ところが、三年ほど前から民造とつるんで遊ぶようになり、八幡さま界隈にもあまり顔を出さなくなったようで」

「そのころの塒は、分かるのか」

「へい、黒江町の仁兵衛店《にへえだな》でさァ」

繁吉によると、小田切は仁兵衛店を出てから、今川町の塒に移ったらしいという。

「そうか。……ところで、小田切の遊び仲間に船頭はいないか。実は、小田切たち一味は四人でなく、五人らしいのだ」

「小田切にはいねえが、民造の仲間なら船頭がいやすぜ」

繁吉が隼人に顔をむけて言った。

「民造の仲間か」

「へい、名は伊之助《いのすけ》。行徳《ぎようとく》河岸にある船問屋、吉崎屋《よしざきや》の船頭だった男でさァ」

「吉崎屋か」

隼人は吉崎屋を知っていた。中堅どころの船問屋で、行徳河岸に土蔵造りの店を構えている。もっとも、店の前を通ったことがあるだけで、店内に入ったことはないし、あるじの名も知らなかった。

「そういえば、民造も若いころ、吉崎屋の奉公人だったことがありやすぜ」

「なに、民造もか」

繁吉が言った。

「へい、十七、八のころまで、吉崎屋で丁稚をしていたと聞いた覚えがありやす」

「すると、民造と伊之助は、吉崎屋にいるころつながりができたのか」

「そうかもしれやせん」

「ところで、繁吉、伊之助の塒は分かるか」

伊之助も、小田切たちの仲間のひとりだろう、と隼人は踏んだのだ。

「塒はわかりやせん。……これから、探ってみやすよ」

繁吉が声を落として言った。

「浅次郎はどうした」

浅次郎は、繁吉の手先である。

「あっしが聞き込みにまわるときは、いっしょに来やす」

「そうか。……繁吉、小田切たちに気付かれねえようにやってくれ。関口につづいて、天野も襲われたのだ。天野はなんとか逃げられたがな。おめえたちが、探っていると分かれば、命を狙われるぜ」

「気をつけやす」

そんな話をしながら歩いているうちに、隼人たちは永代橋のたもとまで来ていた。

「おれは、これから、吉崎屋へ行ってみる」

隼人が足をとめて言った。行徳河岸は、永代橋を渡った先である。

「旦那、お供しやしょうか」

「いや、いい。おめえは、小田切と伊之助を探ってくんな」

そう言い残し、隼人は永代橋に足をむけた。

3

行徳河岸は賑わっていた。どこの町筋でも見かける風呂敷包みを背負った店者、ぼてふり、行商人、町娘などにくわえて、船頭、大八車で荷を運ぶ人足などが目についた。行徳河岸は、船問屋や米問屋などが多いせいである。

吉崎屋は掘割にかかる汐留橋《しおどめばし》のたもとちかくにあった。船荷が着いたところなのか、叺を積んだ三台の大八車が店先にとまり、船頭と人足が叺を店へ運び込んでいるところだった。叺には塩が入っているらしく、白い物が付いていた。

隼人は店先の暖簾をくぐると、船荷を運び入れる邪魔をしないように戸口の隅から店内に入った。

ひろい土間の先に板敷の帳場があり、帳場格子の前で番頭らしい男と羽織姿の商家の旦那ふうの男が話していた。商談であろう。

土間で船荷を運び入れる指図をしていた手代のひとりが、隼人の姿を目にし、

「八丁堀の旦那、ごくろうさまです」

と、近寄って声をかけた。

「あるじは、いるか」

隼人が仏頂面をして訊いた。こうした大店で話を訊くときは、甘い顔を見せない方がいいのである。

「少々、お待ちを」

手代は慌てた様子で框から上がると、番頭のそばに行って何やら耳打ちした。

すると、番頭は隼人に顔をむけ、頭を下げると、話をしていた相手に何か言葉をかけてから、隼人のそばに来た。

「番頭の嘉蔵《よしぞう》でございます。お上がりになってくださいまし」

おだやかな物言いで、隼人を板敷きの間に上げると、帳場格子の脇を通って奥の座敷に案内した。そこは、上客との商談の座敷らしかった。狭いが床の間もあり、座布団や莨盆も用意してあった。

「すぐに、あるじを呼んでまいります」

嘉蔵はそう言い残し、座敷から離れた。

隼人が座布団に腰を下ろしていっとき待つと、嘉蔵が五十がらみと思われる瘦身《そうしん》の男を連れてもどってきた。格子縞の羽織に渋い海老茶の角帯。身装《みなり》は、いかにも大店の旦那ふうだったが、態度はちがっていた。おどおどした表情があり、ひどくやつれた感じがした。

……何かあったのかな。

と、隼人は思った。

「あるじの亀右衛門《かめえもん》でございます」

痩身の男が、名乗りながら頭を下げた。

「南町奉行所《みなみ》の長月だ。……亀右衛門、何かあったのか」

隼人が問うと、亀右衛門はハッとしたような顔をしたが、

「い、いえ、何も……」

と、慌てた様子で言った。

「そうか。……実は、民造と伊之助のことを聞きたいのだがな」

隼人が切り出した。

「は、はい」

亀右衛門の顔がゆがみ、苦悶の翳《かげ》が浮いた。

「ふたりは、この店の奉公人だったと聞いてるが」

「ですが、むかしのことでして……」

「まず、民造のことで訊くが、丁稚だったそうだな」

「うちの店にいたのは、六、七年も前のことでして……。奉公の態度がよくなかったもので、やめてもらったのです」

亀右衛門によると、民造は奉公した当時から素行がよくなかったが、十五、六になると、店を抜け出して遊んだり、店の金をくすねたりするようになったという。

「いまは、何のかかわりもないのか」

隼人が亀右衛門を見すえて訊いた。

「か、かかわりはございません」

亀右衛門が声をつまらせて言った。顔に狼狽《ろうばい》の色がある。

「民造の塒を知ってるかい？」

「両国界隈にいると聞いた覚えがありますが……」

亀右衛門は首をひねった。

脇に座していた嘉蔵も首を横に振ったが、戸惑ったような顔をしている。

……何か隠している。

と、隼人は思ったが、民造のことはそれ以上訊かなかった。追及する駒がなかったのである。

「伊之助も、この店の奉公人だったそうだな」

隼人が声をあらためて訊いた。

「はい、船頭をしていたのですが、やはり、六、七年前にやめました。てまえは、話したこともないのですが……」

亀右衛門が小声で言った。

「すると、民造と伊之助は同じころ店をやめたのか」

隼人が訊くと、嘉蔵が、

「そうです」

と、脇から口をはさんだ。

「そのころ、ふたりはつるんで遊んでたんじゃァねえのかい」

「はい……」

嘉蔵がうなずいた。

「歳はどっちが上なんだい？」

「たしか、伊之助の方がふたつ歳上だったはずです」

嘉蔵が言った。

「そうか」

隼人は、伊之助が兄貴格かもしれない、と思った。十五、六のころのふたつ歳上は、大きな差である。

それから隼人は、伊之助の塒を訊いたが、ふたりとも知らないと答えた。

隼人はそろそろ腰を上げようと思ったが、最後に、

「民造と伊之助のかかわりは、きっぱり切れてるんだな」

と、念を押すように訊いた。

「な、何のかかわりもございません」

亀右衛門は苦渋に顔をゆがめて言った。

4

「民造の塒を、つきとめたか！」

天野が声を上げた。

本所元町にある笹乃屋の奥の小座敷だった、天野は笹乃屋に足を運んできて、島七から探索の様子を訊いたのだ。

「へい、亀井町《かめいちょう》の借家でさァ」

島七が言った。

「馬喰町の長屋ではないのか」

「それが、旦那、長屋は見せかけのようでさァ」

島七によると、ここ数日、夕暮れ時にしぼって徳兵衛店を見張ったという。民造はまったく長屋にあらわれなかったが、昨日、ひょっこり姿を見せた。ところが、民造は長屋に立ち寄っただけで、小半刻（三十分）もすると、風呂敷包みをかかえて出てきたのだ。

島七は民造の跡を尾けた。民造は馬喰町の町筋を抜け、亀井町にある借家ふうの小体な家に入った。

島七は家をかこった板塀に身を寄せて、なかの様子をうかがった。

「家のなかから民造と女の声が聞こえやした。……あっしは、民造の情婦《いろ》じゃァねえかとみたんでさァ。それで、近くにあった一膳めし屋に立ち寄り、それとなく訊くと、民造のやつ、三月ほど前《めえ》から、そこに女をかこっていたらしいんで」

「長屋を留守にしていたのは、情婦をかこった家に寝泊まりしていたからか」

「そうでさァ。……旦那、やつは借家を、三月《みつき》ほど前に借りていやす。大金を手にしたからにちげえねえ」

「小田切と島倉屋を脅したのは、二月ほど前だぞ」

それも、四人で五十両である。それほどの大金ではない。

「民造は、島倉屋から金を脅し取る前にも、何かやったのかもしれやせんぜ」

「うむ……」

いずれにしろ、真っ当な金ではないだろう。

「やつは、あっしらの目を逃れるために、塒は徳兵衛店だと見せかけて、情婦の家に身を隠していたにちげえねえ」

「隠れ家というわけか」

「へい」

「ともかく、その借家を見てみたいな」

「旦那、その格好は目立ちやすぜ。民造に気付かれたら、また姿を消しちまう」

「そうだな」

天野は黒羽織に黄八丈の小袖を着流していた。おまけに、八丁堀ふうの小銀杏髷《こいちょうまげ》である。だれが見ても、町方同心だと分かる。

「出直しやすか」

「いや、出直すのは面倒だ。島七、半纏はあるか」

「古いのはありやすが、旦那にお貸しできるような代物じゃァねえ」

島七は、困惑したような顔をした。

「古い方がいい。貸してくれ。ついでに、手ぬぐいを頼む」

そう言うと、天野は羽織を脱ぎ、丸めて座敷の隅に置いた。

「それじゃァ、持ってきやす」

島七は困ったような顔をして小座敷から出ていったが、いっときすると色褪《いろあ》せた半纏と手ぬぐいを持ってもどってきた。

「旦那、こんな物ですぜ」

島七の顔には、まだ困惑の色があった。

天野はすぐに半纏を羽織ると、

「ちょうどいい」

と言って、手ぬぐいを手にした。そして、すばやく頬っかむりした。

頬っかむりは、小銀杏髷を隠すためである。つづいて、小袖の裾を捲《まく》り上げて、尻っ端折りした。

「どうだ、これなら、町方には見えないだろう」

「へい、どこから見ても、町人ですぜ」

島七が苦笑いを浮かべて言った。

「行くか」

天野は、脇差も座敷の隅に置いた。

天野と島七は笹乃屋を出ると、両国橋を渡り、賑やかな西の橋詰にひろがる広小路を通り抜けて、郡代屋敷の脇を通って亀井町にむかった。亀井町の表通りをいっとき歩いたところで、

「こっちでさァ」

島七が言って、右手の細い路地に入った。

細い路地を一町ほど歩くと、急に人影がすくなくなり、空き地や笹藪《ささやぶ》などが目立つようになってきた。

島七は雑草の繁茂した空き地の前に足をとめ、

「旦那、そこの板塀をめぐらせた家でさァ」

と言って、路地沿いにある仕舞屋を指差した。

古い家だった。右手が空き地で、裏手は竹林になっていた。仕舞屋の向かいには、板塀をめぐらせた棟割り長屋があった。

天野と島七は、通行人に見えないように空き地に繁茂した笹藪の陰をまわって、板塀に身を寄せた。

耳を澄ますと、家のなかからくぐもったような話し声が聞こえてきた。男と女であ

ることは分かったが、何を話しているかは聞き取れなかった。

「旦那、民造と情婦《いろ》ですぜ」

島七が小声で言った。

「よし、行こう」

これ以上、この場にとどまる必要はなかった。民造が家にいるのは、まちがいないようだ。

天野と島七は、板塀の陰から離れて路地にもどった。

路地をしばらく歩くと、小体な八百屋があったので、覗いてみた。天野はせっかく来たのだから、民造のことを訊いてみようと思ったのである。

戸口のそばには、青菜や葱《ねぎ》、芋類などが並べてあった。その奥の漬物樽のそばに、店の親爺らしい男が立っていた。五十がらみの丸顔の男である。

「いらっしゃい」

親爺は愛想笑いを浮かべて、店先へ出てきた。天野と島七を客と思ったらしい。

「親爺、訊きてえことがあってな」

天野は町人言葉を遣った。

「へえ……」

とたんに親爺は、渋い顔をした。客ではないと分かったからである。

すると、脇にいた島七がすかさず巾着を取りだし、波銭を何枚かつかんで、親爺の手に握らせてやった。袖の下である。島七は年季の入った岡っ引きだけあって、聞き込みのこつを心得ていたのだ。

「ヘッヘヘ……こいつはすまねえ」

親爺が、相好をくずした。袖の下が利いたようである。

「この先に、妾をかこった家があるな」

天野は、振り返って路地の先を指差した。

「へえ」

親爺が訝《いぶか》しそうな顔をした。天野が何を訊こうとしているか、分からなかったからであろう。

「女の名を知ってるかい」

天野が訊いた。

「たしか、お梅《うめ》ってえ名ですぜ」

「お梅か。おれが馴染みにしてた女かもしれねえんだ。それで、男はなんてえ名だい」

天野はもっともらしい顔をして訊いた。馴染みにしていた女というのは、嘘である。

「民造でさァ」

「やっぱりそうか。民造だが、ここに来るようになって間がねえだろう」

「へい、三月ほど前でさァ」

「三月か。やつは、家にいることが多いのかい」

「昼間は出かけるようだが、陽が沈むころには帰ってくるようですぜ」

「そうか。……ところで、民造の仲間も姿を見せるんじゃァねえのかい」

天野は、小田切や伊之助の動向も知りたかったのだ。

「そういやァ、遊び人らしいのや牢人と歩いているのを見たことがあるな」

「そいつらの名が、分かるかい」

天野は念のために訊いてみた。

「名までは分からねえ」

親爺が首をひねった。その顔に、不審そうな表情が浮いた。天野の問いが、町方の聞き込みのようだったからであろう。

それから、天野はふたりの武士のことも訊いたが、親爺は首を横に振るだけで、急に口をひらかなくなった。

「邪魔したな」

そう言い置いて、天野は八百屋を出た。たいしたことは分からなかったが、民造が仕舞屋にいることが分かっただけで、話を訊いた甲斐はあった。

天野は路地を歩きだしたところで、

「島七、民造を捕るのは、明日だな」

と、声を低くして言った。

5

隼人は天野から民造の隠れ家を聞くと、

「捕るのは、早い方がいいぞ」

と、言った。小田切たちも、隼人や天野たちの動きを探っている節があり、町方に隠れ家をつかまれたことを知れば、すぐに姿を消すだろう。

ふたりは、隼人の家の縁先で話していた。天野が隼人を訪ねてきたのである。

「明日、捕るつもりです」

天野が言った。

「それがいい」

「長月さん、手を貸してもらえますか」

天野が言った。どうやら、天野は隼人の手を借りるつもりで、隼人の家に足を運んできたらしい。

「かまわんが、天野ひとりといっても、何人も手先が同行するはずである。

天野ひとりで十分だろう」

「手先は、与之助の他に島七だけ使うつもりです。小田切たちに、民造が捕らえられたことを隠しておきたいもので……」

「いいだろう」

隼人も、民造の捕縛を隠すためには、何人もの捕方を使わない方がいいだろうと思った。

「明日の夕暮れどき、踏み込むつもりです」

天野が顔をけわしくして言った。

「承知した」

隼人がうなずいた。

翌日、隼人と天野は陽が西の空にまわってから、八丁堀の組屋敷を出た。ふたりとも、黒羽織に袴姿で御家人ふうの格好をしていた。町方同心であることを隠すために、姿を変えたのである。

ふたりは、日本橋川の鎧《あぶみ》ノ渡しちかくにある桟橋にむかった。猪牙舟で、亀井町まで行くつもりだった。日本橋川から浜町堀へ入り、さらに掘割をたどると、亀井町まで舟で行けるのである。

舟は日中に調達しておき、小者の庄助《しょうすけ》と与之助が舟を漕ぐことになっていた。庄助は隼人の小者である。

隼人たちが桟橋に下りると、庄助と与之助の姿があった。舫《もや》ってある舟に与之助が乗り、庄助は桟橋に立っていた。

艫《とも》に立って棹を握っていた与之助が、

「お待ちしてやした」

と、声をかけた。

庄助は舟が桟橋から離れないように船縁をつかんで引き寄せている。

すぐに、隼人と天野は舟に乗り込んだ。庄助は、ふたりが船底に腰を落ち着けたのを見てから舟に飛び乗った。

「出しやすぜ」

与之助が舫い綱をはずし、棹を使って舟を桟橋から離した。

隼人たちの乗る舟は、日本橋川を下っていく。日本橋川から大川へ出ると、すぐに水押《みお》しを左手にむけた。浜町堀にかかる川口橋がある。

舟は川口橋をくぐり、浜町堀に入った。すると、庄助が舳先《へさき》に立って棹を使った。舟を真っ直ぐ進めるためである。与之助は艫《ろ》に立って艪を漕いでいる。

舟は浜町堀にかかる緑橋をくぐると、狭い掘割に入った。そして、掘割をしばらく進み、突き当たりを右手に折れた。

いっとき掘割を進んだところで、庄助が、

「舟を着けやすぜ」

と言って、水押しを右手にむけた。ちいさな船寄がある。

船寄に舟が着くと、隼人と天野は舟から下りた。この辺りが、亀井町である。

天野は与之助と庄助が舟の舫い綱を杭にかけるのを待ってから、

「長月さん、こっちです」

と言って、先に立った。

隼人の後に、与之助と庄助がつづいた。ただ、ふたりは隼人たちからすこし間を取って歩いた。町筋で出合う人に、隼人たちの手先と思わせないためである。

天野は亀井町の表通りをしばらく歩いてから、細い路地に入った。民造の隠れ家のある路地である。

路地を一町ほど歩いたところで、天野が足をとめ、笹藪の陰に目をやった。そこに人影があった。島七である。どうやら、隠れ家を見張っていたようだ。

「島七です」

天野が小声で言って、笹藪の陰にむかった。隼人も、島七のことは天野から聞いていたのである。

「島七、民造はいるな」

すぐに、天野が訊いた。そのことが、気になっていたようだ。

「へい、おりやす」

島七が答えた。

「民造、ひとりか」

「お梅といっしょでさァ」

「そうか」

天野は、後ろに立っている隼人を振り返り、長月さん、どうします、と訊いた。

「まだ、すこし早いな」

隼人は西の空に目をやって言った。陽は家並の向こうに沈んでいたが、残照がひろがり、頭上の空には昼の青さが残っていた。まだ、暮れ六ツ（午後六時）までには間があり、路地には人影があった。

「暮れ六ツの鐘まで待とう」

隼人は、表通りの人影がまばらになる暮れ六ツを過ぎてから民造を連れていきたかったのだ。

それから小半刻（三十分）すると、石町《こくちょう》の鐘が鳴った。暮れ六ツである。

「よし、仕掛けよう」

隼人が言った。

隼人、天野、庄助、与之助、島七の五人は、笹藪の陰から出ると、足音を忍ばせて仕舞屋に近付いた。

表の引き戸はしまっていた。家はひっそりとしている。ただ、かすかに家のなかから障子をあけしめするような音が聞こえた。

「庄助、与之助、裏手にまわれ」

隼人が小声で指示した。裏手にも戸口があると聞いていた。裏手をかためるのは、民造を取り逃がしたときのためである。

「島七は、戸口を頼む」

天野が島七に言った。

「長月さん、入ります」

そう言って、天野が引き戸に手をかけた。天野と隼人が家のなかに踏み込み、民造を捕らえることになっていたのである。

6

天野が、そっと引き戸を引いた。戸は簡単にあいた。まだ、戸締まりはしてなかったようだ。

戸口の先は、土間になっていた。家のなかは薄闇につつまれている。土間の先は狭い板敷きの間で、その奥に障子がたててあった。障子がぼんやりと明らんでいる。行灯の灯であろう。

障子のむこうで、くぐもったような男と女の声が聞こえた。民造と情婦らしい。声の合間に、女の含み笑いと瀬戸物の触れ合うような音が聞こえた。ふたりで、酒を飲んでいるようだ。

天野が十手を手にし、

「踏み込みます」

と言って、上がり框から踏み込んだ。

隼人は天野の後ろについた。この場は天野にまかせ、民造の動きによって飛び出そうと思ったのである。

天野は足音を忍ばせて障子に近付いた。だが、体の重みで床板が、ミシ、ミシ、とかすかな音をたてた。

ふいに、障子の向こうの声と物音がやんだ。民造が、床板を踏む音に気付いたようだ。部屋の外の気配をうかがっているらしい。

「だれでえ!」

障子の向こうで男の濁声《だみごえ》が聞こえ、立ち上がる気配がした。

天野がすばやい動きで踏み込み、障子をあけた。

行灯のひかりのなかに、民造と女の姿が見えた。民造は立ち上がり、女は足をくずして座敷に座っている。ふたりは顔を天野の方にむけ、凍りついたように表情をとめていた。

「民造、神妙に縛につけい!」

天野が十手をむけて声を上げた。

「八丁堀か!」

民造の顔がひき攣《つ》った。

脇にいた女が、ヒイイッ！　と喉の裂けるような声を上げ、畳を這《は》って逃れようとした。そのとき、女の膝に当たって酒の入った湯飲みが転がった。貧乏徳利も倒れ、酒が座敷に流れ出た。

民造が転がった貧乏徳利をつかみ、

「やろう！」

と叫びざま、天野にむかって投げつけた。

咄嗟に、天野は脇に跳んで貧乏徳利をかわした。

貧乏徳利が障子に飛んだ。バシャ、と大きな音をたてて障子の桟ごと突き破り、板敷きの間に落ちて砕けた。

そのとき、民造が突進してきた。天野が脇へ跳んだのを見て、部屋から飛び出そうとしたのだ。

「逃げるか！」

天野が反転した。

このとき、隼人は板敷きの間にいた。

民造が座敷から飛び出してくる。

隼人は、左手で兼定の鯉口を切り、腰を沈めて抜刀体勢をとった。

ギヨッとしたように民造が足をとめ、その場につっ立った。前に立っている隼人を目にしたのである。だが、隼人がまだ刀を抜いていないのを見て、そのまま突進してきた。隼人の脇をすり抜けて、外へ飛び出そうとしたのだ。

イヤアッ！

鋭い気合を発し、隼人が抜刀した。

薄闇のなかに閃光が横一文字にはしった。切っ先が刃唸りをたてて、民造の顔の前を横切った。

ヒイッ、と民造が喉のつまったような悲鳴を上げた。瞬間、足がとまり、体が凍りついたようにつっ立った。

隼人は抜きつけの一刀で、民造の足をとめたのである。

次の瞬間、隼人は刀身を峰に返し、民造の脇に踏み込みながら、刀身を横に払った。

神速の連続技である。

ドスッ、という皮肉を打つにぶい音がし、民造の上半身が折れたように前にかしいだ。隼人の峰打ちが民造の腹を強打したのだ。

民造は低い呻き声を上げ、腹を手で押さえてうずくまった。

「天野、押さえろ！」

「はい」

天野は民造の肩を押さえつけ、島七、縄をかけろ！　と戸口にいた島七に声をかけた。捕り縄は、島七が持っていたのである。

すぐに、島七が踏み込んできた。そして、懐から捕り縄を取り出し、民造の両腕を後ろに取って早縄をかけた。

「天野、女はどうする？」

隼人が訊いた。

お梅は恐怖に顔をゆがめ、座敷の隅で顫えていた。

「大番屋へ連れていきます。この女も、何か知ってるはずですよ。それに、ここに残しておくと、小田切たちに知れますからね」

そう言うと、天野は裏手にいる庄助と与之助を呼んだ。ふたりの手で、お梅に縄をかけさせようとしたのである。

庄助と与之助は、手際よくお梅に縄をかけた。もっとも、お梅は恐怖に身を顫わせているだけで、まったく抵抗しなかった。

「だいぶ、暗くなったな」

隼人が戸口から外を覗いて言った。

家の外は夜陰に染まっていた。頭上には、星のまたたきも見られた。隼人は、これだけ暗くなっていれば、見咎《みとが》められることなく民造とお梅を南茅場町《かやばちよう》にある大番屋に連れていけるだろうと踏んだ。

「引っ立てろ!」

隼人が声を上げた。

7

隼人たちは、船寄に繋いであった舟に民造とお梅を乗せ、掘割をたどって日本橋川に出た。そして、鎧ノ渡し近くの桟橋に舟をとめ、南茅場町の大番屋にふたりを連れていった。大番屋は調べ番屋とも呼ばれ、仮牢もあった。小伝馬町《こでんまちよう》の牢屋敷に送る前に、捕らえた被疑者を吟味する場所である。

隼人と天野は、民造とお梅を吟味するのは明日からということにし、その日は仮牢に入れた。すでに、五ツ(午後八時)を過ぎていたからである。

翌朝、隼人はあらためて大番屋に出かけ、民造を吟味することになった。天野は、お梅から話を聞くという。通常、下手人を吟味するのは与力だが、民造もお梅も下手人として吟味するというより、仲間の隠れ家を吐かせるための訊問《じんもん》だった。与力にまかせるのは、小田切たちを捕らえてからである。

民造は後ろ手に縄をかけられ、調べの場に引き出された。土間に敷かれた筵《むしろ》の上に座らされた民造は、ふてぶてしい顔をして隼人を見上げた。民造の脇には、庄助だけが立っていた。隼人は、こうした訊問のおり、特別な拷問具《せめぐ》を使うので牢番などをそばに置きたくなかったのである。

「民造、昨夜《ゆうべ》は眠れたか」

隼人が穏やかな声で切り出した。

「ああ、縛られたままで、寝心地がよかったぜ」

民造がふて腐れたような口調で言った。隼人を見上げた目が、充血して赤くなっていた。眠れなかったのであろう。

「小田切源五郎とは、どこで知り合った」

隼人が切り出した。

「小田切なんてえ、男は知りやせんぜ」

民造はとぼけた。一筋縄ではいかない男のようである。

「民造、おれがだれか知っているか」

隼人が民造を見すえて訊いた。

「へい、八丁堀の旦那で」

「八丁堀の鬼と呼ばれているのだが、聞いたことがないか」

「だ、旦那が八丁堀の鬼……」

民造の顔に、恐怖の色が浮いた。隼人が何者であるか、分かったようである。

隼人は、江戸市中の無宿者、博奕《ばくち》打、無頼牢人などから、鬼隼人、八丁堀の鬼などと呼ばれて恐れられていた。隼人は直心影流《じきしんかげりゅう》の遣い手で、町方に抵抗する下手人を情け容赦なく斬殺したからである。

「どうだい、八丁堀の鬼と知って話す気になったかい」

「話したくとも、知らねえものは話せねえや」

民造は、顎を突き出すようにして言った。

「そうかい、すこし痛い目に遭わねえと話す気にはなれねえか」

隼人は、こいつは使いたくなかったが、しょうがねえ、とつぶやきながら、財布を取り出した。

財布の布に二寸余の長い針が刺し込んであった。隼人が、口を割らない下手人に使う拷問具《せめぐ》である。

長針を一本一本手足の爪の間に刺し込むのだ。剛の者でも、たいがいが激痛に耐えられずに口を割る。それに、他の拷問具にくらべて傷跡が残らないのだ。

「こいつを爪の間に刺し込む。痛《いて》えぜ」

隼人は民造の前に立ち、針を鼻先に突き出して言った。

「………！」

民造の顔が恐怖にゆがんだ。

「庄助、押さえろ」

隼人が言うと、庄助が民造の後ろにまわり、両肩を押さえつけた。

「おれの拷問《せめ》に、耐えられた者はいねえ。民造、おめえは、どこまで口をつぐんでいられるかな」

隼人は民造の脇にまわり、縛られている左手の親指をつかんだ。

「まず、親指からだ。両手で十本、その次は足の指だな」

そう言って、隼人は民造の親指の爪の間に、ゆっくりと針を刺し込んだ。

ギャァッ！　と絶叫を上げ、民造が激しく身をよじり、首をふりまわした。元結《もとゆい》が切れて、ざんばら髪になり、髪が顔に絡まった。

「どうだ、痛えだろう。……しゃべる気になったかい」

「……し、知らねえ」

民造が声を震わせて言った。顔から血の気が失せ、目がつり上がり、体が顫えている。

「なかなか強情じゃァねえか。次は、人差し指だな」

隼人は民造の人差し指をつかんだ。

そのとき、民造を押さえていた庄助が、

「民造、申し上げな。うちの旦那は、口を割るまでつづける。指の次は、おめえの目にも突き刺すぜ」

庄助が民造の耳元でささやいた。

「いくぜ」

隼人が人差し指の爪の間に針をあてたとき、

「は、話す！」

と、民造が悲鳴のような声を上げた。

「やっと、話す気になったかい」

隼人は、針を手にしたまま民造の前にもどった。

「初めから訊くぜ。小田切とは、どこで知り合ったんだい」

「……薬研堀の飲み屋だ」

民造が切れ切れに話したことによると、民造が飲み屋で地元の遊び人と喧嘩になったとき、隣で飲んでいた小田切が民造に味方して遊び人の腕を斬り落としたという。たまたま、遊び人のふるった拳が、小田切の髷に当たり、それで腹をたてて民造に味方したのだという。その後、民造は小田切とつるんで、商家の脅しをするようになったそうだ。

「伊之助も仲間だな」

隼人が民造を見すえて訊いた。

「へえ……」

民造の顔に驚いたような表情が浮いた。伊之助の名まで、町方がつかんでいるとは思わなかったのであろう。

「伊之助の塒は、どこだい？」

「……し、知らねえ」

民造の顔が紙のように青ざめ、視線が揺れた。

「まだ、話す気になってねえのか」

隼人がしまった針を取り出そうとすると、

「く、熊井町《くまいちょう》だ」

民造が声を震わせて言った。

「熊井町のどこだ」

熊井町は深川の大川端につづいている。ひろい町で、熊井町というだけでは探しようがない。

「稲荷のそばでさァ。富蔵店《とみぞうだな》で……」

「富蔵店な」

それだけ分かれば、すぐにつきとめられる。繁吉を使えば、早いだろう。

「小田切の塒は？」

「浜町堀のそばでさァ」

民造によると、小田切は今川町の塒から久松町《ひさまつちょう》の栄橋のたもと近くに越したという。そこは、小田切が若いころ暮らしていた借家だそうだ。

「ところで、ふたりの武士は？」

隼人が声をあらためて訊いた。

「小田切の旦那の知り合いでして、あっしはよく知らねえんでさァ」

「ふたりの名は」

「黒田弥三郎《やさぶろう》さまと菅沼七郎兵衛《すがぬましちろべえ》さまで……」

「黒田と菅沼か」

民造は出任せの名を口にしたのではないようだ。隼人は、長身の武士の名が黒田だと聞いていた。もうひとりの中背の武士が、菅沼であろう。

「関口さんを斬ったのは、黒田だな」

隼人は念を押すように訊いた。

「へい、黒田の旦那で」

民造が首をすくめて言った。

「黒田と菅沼は牢人ではないな」

「お大名のご家臣だったと聞いていやす」

「藩の名は？」

「たしか、伊勢の高篠藩《たかしのはん》とか」

「高篠藩……」

隼人は高篠藩を知っていた。もっとも、外様大名で三万石の小藩ということぐらいで、藩主の名も知らない。

「いまは、牢人なのか」

隼人があらためて訊いた。民造は、ご家臣だった、と口にしたのだ。

「くわしいことは知らねえが、黒田さまが、いまは浪々の身だと言ってたのを聞きましたぜ」

「うむ……」

高篠藩を致仕して江戸に出たのか、出奔したのか。いずれにしろ、いまは浪々の身らしい。

「黒田と菅沼の塒は？」

ふたりとも、江戸市中に住んでいるはずである。

「あっしは知らねえんで。……小田切の旦那がつないでたんでさァ」

民造が首を横に振りながら言った。

「ところで、黒田と菅沼にも金を渡していたのか」

隼人が訊いた。

「あっしには、分からねえ。小田切の旦那が渡していたかもしれねえ」

「うむ……」

さらに、隼人は、民造がかかわった悪事や手にした金などについて訊いた。民造が吐いたことによると、小田切たちと金を脅し取ったのは島倉屋と松本屋、それに福田屋だという。民造の分け前は、都合三十両ほどで、博奕や岡場所、それにお梅に渡した金などで、大半は使ってしまったそうだ。

一方、天野はお梅を訊問したが、事件にかかわることはほとんど出てこなかった。お梅が知っていたのは、小田切と伊之助の名ぐらいだった。ふたりは、亀井町の隠れ家に顔を出したことがあるという。

「ともかく、小田切と伊之助を捕ろう」

隼人が、天野に言った。ふたりを捕縛すれば、一気に事件の全貌が見えてくるはずだ。

第四章　高篠藩

1

大川端は初夏の陽射しに満ちていた。大川の滔々《とうとう》とした流れが、江戸湊の青い海原までつづいている。大型廻船が白い帆をふくらませ、空と海の青一色のなかを品川沖にむかってゆったりと航行していく。猪牙舟や高瀬舟、荷を積んだ艀《はしけ》などが、無数の波の起伏のなかに浮かんでいる。

隼人は、繁吉と浅次郎を連れて深川熊井町の大川端を歩いていた。伊之助の塒《ねぐら》を確かめるために、八丁堀から足を運んできたのだ。

隼人は羽織袴姿だった。御家人のような格好である。小銀杏髷も結いなおしてあった。八丁堀同心であることを隠しておきたかったのだ。

民造を訊問して三日目だった。民造が口を割った翌日、隼人は天野と会い、手分けして伊之助と小田切の塒を確かめることにした。

「おれが、伊之助を探ろう」

隼人が天野に言った。

深川は繁吉の縄張りだったので、伊之助の塒はたやすくつきとめられると踏んだからである。

天野と打ち合わせた日に、隼人は深川まで足を延ばし、繁吉に民造が自白したことを話し、ともかく、熊井町の富蔵店を探しだし、伊之助の塒かどうか確かめろ、と命じておいたのである。

そして、今日の朝方、繁吉と浅次郎が八丁堀まで来て、

「旦那、富蔵店が分かりやしたぜ」

と、知らせたのだ。

隼人は繁吉の漕ぐ猪牙舟に乗って、熊井町の桟橋まで来ていた。繁吉は船宿の船頭だったので舟に浅次郎を乗せ、日本橋川の鎧ノ渡し近くの桟橋まで来ていたのだ。隼人も、その舟を使ったのである。

隼人たち三人は、熊井町の大川端を川下にむかって歩いていた。

「旦那、あと、三町ほど先ですぜ」

歩きながら繁吉が言った。

「それで、伊之助は長屋にいたのか」

隼人が訊いた。

「あっしが行ったときは留守でしたが、長屋の者に訊きやしてね。伊之助の塒だと確かめやした」

「独り暮らしか」

「両親《ふたおや》といっしょに住んでたらしいんですが、三年ほど前《めえ》に両親があいついで亡くなり、その後は、独り暮らしをつづけてたようです」

「そうか」

ともかく、伊之助を押さえることだ、と隼人は思った。長屋にいれば、このまま捕縛してもいいとさえ思っていた。

通り沿いにあった稲荷の前まで来ると、

「旦那、あの瀬戸物屋の脇でさァ」

繁吉が前方を指差して言った。

小体な瀬戸物屋があった。店先の台に、茶碗、湯飲み、丼類などが並んでいた。一見して安物と分かる品ばかりである。繁盛している店ではないらしく、客の姿はなかった。

瀬戸物屋の脇に、長屋につづく路地木戸があった。

隼人たちは、瀬戸物屋の前まで来て足をとめた。路地木戸の脇で、六、七歳と思われる男児《おとこのこ》が三人遊んでいた。屈み込んで地面に何やら描いている。

「あの児たちに、訊いてみるか」

隼人は三人の男児に近寄った。

男児たちは、隼人の足音に気付いて顔を上げた。三人とも棒切れや石を手にしていた。地面に人の顔と思われる丸や手足らしいものが描いてある。

「長屋の児か」

隼人が笑みを浮かべ、静かな声で訊いた。子供たちを怖がらせないようにしたのである。

「そうだ」

年嵩《としかさ》の男児が、団栗眼《どんぐりまなこ》を見開いて言った。

「名はなんというな」

「おらァ、太助《たすけ》だ」

年嵩の児が言うと、他のふたりが、峰吉《みねきち》だ、三助《さんすけ》だ、と先を争うように名乗った。

「訊きたいことがあるのだがな」

そう言うと、隼人はふところから財布を取り出し、波銭を三枚取り出した。

「駄賃をやるぞ」

と言って、波銭を男児の前に差し出した。

「銭だ！」

年嵩が手にした棒切れを放り出して、泥で汚れた手を突き出した。

「おらにも、くれ！」

ふたりの男児がつづいて手を出した。

隼人は三人の児に波銭を一枚ずつ握らせてやりながら、

「長屋に伊之助という男がいるだろう」

と、訊いた。

「いるぞ。おっかァが、そばにいっちゃいけねえと言ってた」

年嵩が目を剝いたまま言った。

「どうして、そばにいっちゃァいけねえんだ？」

「悪いやつだからだよ。何をされるか分からないって」

年嵩が言うと、他のふたりもうなずいた。波銭は握り締めたままである。

「伊之助は、いま、長屋にいるのかい」

「いねえ」

今度は、丸顔の頬に泥の付いた児が言った。

「いねえのか」

「おらのうちは、伊之助の隣だよ。……ずっといねえんだ」

「ずっとだと。いつからだ？」

隼人が訊くと、

「……おら、分からねえ」

と、丸顔は首をひねった。

隼人が三人の児に、伊之助がいなくなってから幾《いく》つ寝た、と訊くと、三人が指を三本立てたり、四本立てたりした。

どうやら、伊之助はここ三、四日、長屋に帰っていないらしい。

脇で隼人と子供たちのやり取りを聞いていた繁吉が、

「旦那、なかで訊いてみやすか」

と、声をかけた。

「そうだな」

隼人も、伊之助が長屋にいないなら、路地木戸のなかに入ってもかまわないと思った。大人に訊けば、もうすこしはっきりするだろう。

「ありがとよ」

隼人は男児たちに声をかけ、路地木戸をくぐった。繁吉と浅次郎が跟《つ》いてきた。

路地木戸を入った突き当たりに井戸があった。長屋の女房らしい女がふたり、井戸端で立ち話をしていた。手桶を提げている。水でも汲みに来て顔を合わせ、おしゃべりを始めたらしい。

隼人たちがそばに近付くと、ふたりの女は驚いたような顔をして話をやめた。

「手間をとらせてすまぬが、訊きたいことがあってな」

隼人が、おだやかな声で言った。

「は、はい」

太り肉《じし》の女が、顔をこわばらせた。もうひとりの小柄な女の手桶が揺れていた。体が顫えているらしい。無理もない。長屋に、御家人ふうの武士が入ってきて、声をかけたのである。

「知り合いの娘が川に落ちてな。娘といっても、七つの子なんだが、通りかかった伊之助という男に助けられたらしいのだ。何とか礼をしたいと思い、訪ねてまいったのだ」

隼人がもっともらしい顔をして言った。むろん、まったくの作り話である。

「へえ、あの伊之助が、人助けをしたんだってさ」

太り肉の女が驚いたような顔をして、小柄な女に目をむけた。

「人は見掛けによらないもんだね」

小柄な女も、驚いたような顔をしている。自分たちにはかかわりのない話と思ったのか、体の顫えはとまっていた。

「伊之助はいるかな」

隼人が声をあらためて訊いた。

「それが、旦那、伊之助はいませんよ」

「いないのか。この長屋に住んでいると聞いたんだがな」

「伊之助は、三日前に長屋を出ていったきりですよ」

太り肉の女が言うと、

「あたし、家を覗いて見たんですけどね。伊之助は、しばらく帰ってきませんよ。めずらしく、部屋が片付いてるし、ふだんかかっている着物がないもの」

小柄な女が言い添えた。

「そうか、留守か」

子供たちが、言っていたとおりである。それに、しばらく帰ってこないというのも当たっているかもしれない。

「伊之助だが、どこへ行ったか分かるかな」

隼人が訊いた。

「分からないねえ」

太り肉の女が首をひねった。

「あたしの亭主がね」

小柄な女が、顎を突き出すようにして隼人の前に出てきた。

「伊之助が舟で出て行くのを見たんですよ。お侍さまは知らないでしょうが、小田切という牢人者といっしょに、大川を下っていったそうですよ」

小柄な女が言った。長屋の女房が、小田切の名を知っているところをみると、小田切は長屋に来たことがあるのかもしれない。

「舟で、どこへ行ったのかな」

「分からないねえ。……でも、伊之助は舟でよく出かけてましたよ。あたしも、お侍をふたりも乗せて舟で大川を下っていくのを見かけたもの」

「侍ふたりとな」

隼人は、黒田と菅沼だろうと思った。

それから、隼人は、ふたりの女に伊之助の行きそうなところや小田切のことなどを訊いたが、探索に役立つような話は聞けなかった。

「手間をとらせたな」

隼人はふたりの女に礼を言って、井戸端から離れた。

念のために、隼人は繁吉の案内で伊之助の家を覗いてみたが、女たちの言ったとおり、伊之助の姿はなかった。部屋も片付いている。

「しばらく、帰ってこないかもしれねえな」

隼人は、通りを歩きながら言った。

「旦那、しばらくあっしが様子を見に来やすよ」

繁吉が言った。

「そうしてくれ」

今日のところは八丁堀に帰ろう、と隼人は思った。

2

その日、陽が沈んでから、天野が隼人の家に顔を出した。

「天野、酒でも飲みながら話すか」

そう言って、隼人が天野を家に上げようとすると、

「いえ、そこらを歩きながら話したいのですが」

天野がことわった。おたえの手をわずらわせるのは、悪いと思ったらしい。

「そうだな」

隼人も、歩きながら話すのは悪くないと思った。気持ちのいい微風《そよかぜ》が吹いていたからである。

隼人と天野は組屋敷のつづく通りを抜け、亀島町《かめしまちょう》の河岸通りへ出た。

河岸通りを日本橋川の方へ歩きながら、

「小田切はどうだ、塒にいたか」

隼人が気になっていたことを訊いた。

「それが、小田切は隠れ家にいませんでした。近所で聞き込んでみたんですが、小田切は三日前に借家を出たきり帰ってないようです」

「伊之助も同じだ。ふたりは、舟で大川を下ったらしい」

隼人は、富蔵店で聞き込んだことをかいつまんで話した。

「そうですか」

「民造が捕らえられたことを知って、姿を消したのかもしれんな」

「長月さん、気になることを聞き込んだんですがね」

天野が声をあらためて言った。

「気になるとは？」

「借家のある栄橋近くの桟橋にいた船頭から聞いたんですが、小田切が吉崎屋を強請ったらしいですよ」

「船問屋の吉崎屋か」

隼人の脳裏に、主人の亀右衛門の顔がよぎった。初めて見たとき、亀右衛門は妙におどおどしたような表情を浮かべていた。

「そうです。……それも、小田切の他に武士がふたりいたらしいんです」

「黒田と菅沼ではないのか」

思わず、隼人の声が大きくなった。

「そうとしか思えません」

「天野、吉崎屋は、いまも小田切たちに強請られているのかもしれんぞ。それも、町方にも話せない弱味を小田切たちに握られてな」

亀右衛門がおどおどし、隼人にも話さなかったのは、小田切たちによほどの弱みを握られているからではあるまいか。

「わたしも、そうみました」

「うむ……」

「それにもうひとつ、長月さんの耳に入れておきたいことがあります」

天野が足をとめ、隼人に顔をむけた。

「まだ、あるのか」

隼人も足をとめた。

「はい」

天野は、小田切を探りに行った帰りに、行徳河岸の吉崎屋の近くで聞き込んだと前置きして、

「吉崎屋は、伊勢の高篠藩とかかわりがあるようですよ。高篠藩の専売米や海産物の江戸への廻漕を一手に引き受けているそうです」

と、昂《たかぶ》った声で言った。

「吉崎屋は高篠藩とかかわりがあったのか。とすると、黒田と菅沼も吉崎屋とかかわりがあるとみていいな」

「それに、民造と伊之助も」

天野が言い添えた。民造と伊之助は、吉崎屋の奉公人だったのである。

「吉崎屋を探ってみる必要がありそうだ」

隼人は、明日にも吉崎屋に行ってみようと思った。

「長月さん、浜町河岸でわたしと竜之助を助けてくれた三人の武士も、高篠藩の家臣とみているのですが」

天野が言った。

「まちがいないな」

三人のうちのひとりが、黒田と呼んだのも、同じ家中の者だからであろう。

「三人の武士は、黒田と菅沼を討とうとしていました」

そう言って、天野はゆっくりと歩きだした。

「討っ手かもしれんな」

隼人も歩きだした。

黒田と菅沼は、領内で何らかの罪を犯して出奔したのではあるまいか。三人の武士は上意討ちの命を受けて、黒田と菅沼を追っているのかもしれない。

「藩内の事件となると、町方としては手が出せなくなります」

天野の声がちいさくなった。

「なに、小田切と伊之助は、町方のかかわりだ。ともかく、ふたりを捕らえて吟味することだな」

「関口さんの敵討ちはどうなります」

天野の顔に憂慮の翳《かげ》が浮いた。天野にしてみれば、他人事ではないのだ。天野がそばにいながら、関口は斬殺されたのである。

「かまうことはない。黒田と菅沼が、藩を出奔したのであれば牢人の身だ。遠慮なく捕らえるなり、敵を討つなりするさ」

隼人は、敵討ちについて高篠藩に遠慮することはないと思った。

「そうですね」

天野がほっとした顔をした。

「ところで、おゆきと竜之助はどうだ。いまも、剣術の稽古をしているのか」

隼人が声をあらためて訊いた。

「はい、長月さんに指南されたとおり、ふたりで繰り返し稽古しています」

　天野によると、おゆきと竜之助は、連日、庭に出て稽古をつづけているという。

「そうか。……ふたりに、何とか敵を討たせてやりたいな」

　隼人も、姉弟の一途な姿に敵を討たせてやりたいという思いが強くなった。

　そんなやり取りをしているうちに、ふたりは日本橋川沿いまで来ていた。辺りは濃い暮色に染まっていた。河岸通りに人影はなく、ひっそりとしている。亀島川の流れの音が、足元から絶え間なく聞こえてきた。

3

　翌朝、隼人が縁先で登太に髪をあたらせていると、利助と綾次が姿を見せた。庭先にまわってきたふたりは、冴えない顔をしていた。

「どうした？」

　隼人が訊いた。

「へい、伊之助も小田切も姿を消しちまって探りようがねえんでさァ」

　利助が肩を落として言った。

「うむ……」

　利助の言うとおり、伊之助と小田切の行方を探るのはむずかしいだろう。

「利助、おれといっしょに来るか」

隼人が言った。

「へい、お供しやす。それで、どこへ？」

利助が、声を大きくして訊いた。綾次も、その気になっているようだ。

「行徳河岸にある吉崎屋だ」

隼人は、昨日天野から得た情報をかいつまんで利助たちに話した。事件の筋をつかんでおくことは、岡っ引きにとっても大事なのである。

「お大名の家来が、かかわっていたんですかい」

利助が驚いたような顔をして、

「厄介なことになりやしたね」

と、言い添えた。

「いずれにしろ、小田切と伊之助は町方でお縄にしねえとな。おれたちは、これまでどおり探索をつづければいいんだ」

「へい」

利助と綾次がいっしょにうなずいた。

登太の髪結いが終わると、隼人はおたえに送られて組屋敷を出た。今日は庄助ではなく、利助と綾次が供についた。

「旦那、御番所（奉行所）は？」

利助が訊いた。

「今日は、行かねえ」

隼人は奉行所に出仕するつもりはなかった。隼人は奉行直属の隠密廻り同心だった。事件の探索に当たっているときは、定廻りや臨時廻りとちがって奉行所に出仕しないことがあったのだ。

隼人たちは、鎧ノ渡しから舟で対岸の小網町に渡って行徳河岸へ出た。

吉崎屋の店先まで来ると、

「利助たちは近所で聞き込んでみろ」

と言い残し、隼人だけが暖簾をくぐった。三人も雁首をそろえて乗り込んだら、店の者も話しづらいだろう。

「これは、これは、八丁堀の旦那」

帳場にいた番頭の嘉蔵が、揉み手をしながら近付いてきた。

「あるじの亀右衛門はいるか」

隼人は、亀右衛門から話を聞くのが手っ取り早いと踏んでいた。

「おりますが、何かございましたか」

嘉蔵が愛想笑いを消し、心底を覗くような目をして隼人を見た。

「何かあったか訊きたいのは、こっちだ。あるじを呼んでくれ」

「ともかく、お上がりになってくださいまし」

そう言って、嘉蔵は隼人を奥の座敷に通した。以前、亀右衛門から話を聞いた座敷である。

隼人が座布団に腰を下ろしていっとき待つと、嘉蔵が亀右衛門を連れてもどってきた。

……ひどくやつれたな。

隼人は亀右衛門の顔を見て思った。

初めて見たときも、やつれた感じがしたが、今日はさらにひどくなったようである。目が隈取《くまど》ったように落ちくぼみ、頬の肉がげっそり落ちている。

亀右衛門は隼人の前に座ると、

「長月さま、ごくろうさまでございます」

と、張りのない声で言った。

「亀右衛門、民造を捕らえたよ」

隼人が切り出した。すでに、小田切や伊之助は民造が捕縛されたことは知っていると思い、口にしたのである。

「そうですか」

亀右衛門は、あまり表情を動かさなかった。民造が捕らえられたことを知っているか、予想していたかであろう。

「民造がいろいろしゃべってくれてな。……小田切がこの店に来たそうだな」

隼人が亀右衛門を見すえて言った。小田切のことは、民造から聞いたのではないが、そういうことにしておいたのだ。

「…………！」

亀右衛門の顔に苦渋の表情が浮いた。

「どうしたい」

隼人の声がきつくなった。

「たしかに、店に来ました」

「何しに来た？」

亀右衛門が膝先に視線を落として言った。

「そ、それは……」

「言えねえのかい」

「民造と伊之助をやめさせたことで因縁をつけ、金を出せと言ってきたのです」

亀右衛門が顔をゆがめながら小声で言った。

「それも、口にしたかもしれねえ。だがな、それだけじゃァねえはずだ。小田切たちは、ちがうことで金を要求したはずだぜ」

「……………！」

亀右衛門がビクッとした。隼人にむけられた目に、驚きと困惑の色が浮いた。

「ところで、吉崎屋は伊勢国の高篠藩の荷を江戸に運んでいるそうだな」

隼人は話題を変えた。

「は、はい」

隼人にむけられた亀右衛門の視線が揺れたが、気を取り直したらしく、

「米や海産物などを船で運ばせてもらっております」

と、小声で言った。

「その高篠藩の家臣だった黒田弥三郎と菅沼七郎兵衛を知ってるな」

「い、いえ、存じませんが」

亀右衛門が声を震わせて言った。

「そいつは、おかしい。おれは、黒田と菅沼が小田切といっしょにこの店に来たと聞いてるんだがな」

隼人が亀右衛門を刺すような目で見すえた。やり手の同心らしい凄みがある。

「…………！」

亀右衛門の顔色が変わった。血の気が引き、視線が怯えたように揺れている。

「亀右衛門、黒田と菅沼に強請られたな。それも大金だ」

隼人が語気を強めた。

「そ、そのようなことは……」

亀右衛門の声が喉につまった。体が顫えている。

「何を怯えているのだ。……それとも、ここでは話せねえのかい。なんなら、民造の吟味の裏付けのために、そこにいる番頭といっしょに大番屋に来てもらってもいいんだぜ」

隼人は嘉蔵にも目をやって言った。

「な、長月さま、それは困ります」

「大番屋に来るのが、嫌なら話せ」

「実は、手前の倅が……」

亀右衛門が絞り出すよう声で言った。

「おめえの倅が、どうしたい？」

「黒田たちに連れていかれて、人質に」

亀右衛門は、黒田を呼び捨てにした。怯えと憎悪の入り交じったような表情がある。

「なに！　人質だと」

吉崎屋の弱味はこれか！　と隼人は思った。

「たった、ひとりの倅でして……。金を出さねば、殺すと脅されてまして」

亀右衛門が、顔をゆがめて悲痛な声で言った。

すると、脇に座っていた嘉蔵が、

「三月《みつき》ほど前に、若旦那は浜町堀沿いの通りで小田切や黒田たちに連れ去られ、身代金を要求されたのです。当初、向こうで言ってきたとおり、五百両渡したのですが、これでは足りぬと言って、さらに千両ふっかけてきたのです」

と、言い添えた。

ふたりの話によると、倅の名は房太郎《ふさたろう》、今秋には米問屋、江島屋《えじまや》の娘との祝儀もひかえているという。江島屋は日本橋堀江町《ほりえちょう》にある米問屋の大店で、吉崎屋の得意先だそうである。

房太郎は商売のことで両国へ出かけ、その帰りに小田切たちに拉致され、伊之助の漕ぐ舟でどこかに連れ去られたという。

「長月さまにお話しできなかったのは、町方に話せば、倅の命はないと脅されていたからでございます」

亀右衛門によると、房太郎が攫《さら》われたことを知っている者には口止めしてあり、奉公人や船頭なども知らない者が多いという。

「そういうことか」

隼人は、やっと事情が飲み込めた。

「な、長月さま、どうしたらよろしいでしょうか」

亀右衛門が訴えるような顔をして訊いた。

「倅が攫われたことは伏せておこう。……ただ、房太郎を助け出せなければ、どうにもならないな。仮に、小田切や黒田たちの要求どおり新たに千両渡しても、房太郎は帰すまい。……人質を帰せば、町方へ訴えられると思うからな」

隼人は、房太郎を助け出すまで始末はつかないと思った。

「千両はどうしたらよいか、困っているのです」

亀右衛門が言うと、

「すぐに、千両の金は都合できませんもので……」

嘉蔵が小声で言い添えた。

「百両でも、二百両でも渡して、時を稼げ。その間に、何とか房太郎の監禁場所をつきとめて助け出すより手はないだろう」

隼人は、房太郎の監禁場所が小田切や黒田たちの隠れ家になっているのではないかと踏んだ。

4

隼人が口をつぐむと、座敷は重苦しい沈黙につつまれた。

いっときして、隼人が亀右衛門に顔をむけ、

「ところで、黒田と菅沼だが、国許にいたのではないのか」

と、声をあらためて訊いた。

「はい、ふたりは、勘定方でございました。なんですか、国許で揉め事があり、上役を斬り殺して江戸へ逃げて来たとか」

「やはり、出奔して江戸に来たのか。……ところで、黒田たちがこの店に目をつけたのは、どういうわけだ」

吉崎屋が高篠藩の専売品を扱っているだけでは、倅を拉致して身代金を奪おうなどとは考えないだろう。

「ふたりは数年前まで江戸勤めでございまして、藩の専売の米や海産物の廻漕や売買の件で、当店にも何度か来たことがございます。それで、店の様子が分かっていたからでございましょう」

嘉蔵が言った。

「それにしても、大金を要求してきたな」

すでに、小田切や黒田たちは、吉崎屋だけで五百両手にしているのだ。さらに千両となると、五人で山分けしても、大金である。くわえて、小田切や民造たちは、島倉屋・松本屋・福田屋の三店から脅し取った金も手にしているはずだ。それに、民造に大金が渡った様子がないので、吉崎屋からの金の大半は、黒田、菅沼、小田切の三人が手にしたとみていいのではあるまいか。

「黒田たちは、どうして小田切と結びついたのだ」

小田切は徒牢人である。高篠藩とは何のかかわりもないはずである。

「そこまでは分かりかねます」

亀右衛門が言うと、嘉蔵もうなずいた。

「ところで、黒田と菅沼を追っている高篠藩の家臣がいるな。……三人だ」

隼人は、三人が討っ手として国許から来たのなら、吉崎屋にも事情を訊くために立ち寄ったのではないかと踏んだのだ。

「はい、店にも見えられました」

「名は？」

「江崎稔蔵《えざきとしぞう》さま、橘信八郎《たちばなしんぱちろう》さま、横瀬川源十郎《よこせがわげんじゅうろう》さまでございます。なんですか、主命で黒田たちを追って江戸まで来たともうされておりました」

亀右衛門によると、江崎たちに房太郎が拉致されたことは話せなかったという。

「仕方あるまい」

「長月さま、どうか、房太郎をお助けください」

亀右衛門が、畳に額をおしつけるように低頭して訴えた。嘉蔵も同じように低頭している。

「できるだけ、やってみよう」

そう言い残し、隼人は腰を上げた。

吉崎屋の店先に、利助と綾次の姿はなかった。

隼人が路傍に立って河岸通りに目をやっていると、桟橋の方から利助と綾次が走ってきた。

「だ、旦那、待たせちまってもうしわけねえ」

利助が荒い息を吐きながら言った。

「いいってことよ。……歩きながら話すか」

隼人は、浜町堀の方へゆっくりと歩きだした。

また、昼前だったので、小田切の塒だったという栄橋近くの借家を覗いてから、豆菊まで足を延ばすつもりだった。

隼人は先に吉崎屋で聞いたことをかいつまんで話してから、

「おめえたちも、何か知れたかい」

と、利助と綾次に訊いた。

「桟橋にいた吉崎屋の船頭に聞いたんですがね」

そう前置きして、利助が話しだした。

「浜町河岸で、小田切がふたりの侍といっしょに歩いているのを見たことがあるそうですぜ」

「ふたりの侍は、黒田と菅沼だな」

「へい、それに別の船頭が、伊之助の漕ぐ舟に小田切たち三人が乗っているのも見ていやす」

「その舟をどこで見たと言っていた」

隼人が歩きながら訊いた。

「浜町堀でさァ。舟は大川の方へ向かっていたそうで」

利助が言った。

「黒田と菅沼は、小田切の隠れ家に草鞋を脱いでいたのかもしれねえな」

小田切、黒田、菅沼の三人は、栄橋近くの隠れ家から吉崎屋に出かけたり、伊之助の舟で房太郎の監禁場所に出かけたりしていたのではあるまいか。

「ところで、利助、伊之助の舟は、ふだんどこに繋いであるのだ」

隼人は、伊之助の塒のあった熊井町だけでなく、小田切の隠れ家の近くにも舟を繋いでおく場所があったのではないかと思った。浜町堀は、吉崎屋や両国方面に舟で行くとき、便利である。

「そこまでは、訊いてねえんで……」

利助が首をすくめるようにして言った。

「栄橋近くで、訊いてみるか」

「へい」

隼人たち三人は、栄橋のたもとで別れた。手分けして、近所の店や通りかかった船頭などから話を訊くことにしたのである。

一刻（二時間）ほどして、隼人が栄橋のたもとにもどると、利助と綾次の姿があった。ふたりは隼人の姿を目にすると、すぐに走り寄ってきた。

「旦那ァ！　分かりやしたぜ」

綾次が声を上げた。顔が紅潮し、まだ少年らしさの残っている目がかがやいている。どうやら、綾次がつかんだらしい。

「分かったか」

「へい、この先に春米屋《つきごめや》がありやす。その店の前《めえ》の桟橋に、伊之助は舟をとめてるらしいんでさァ」

綾次によると、春米屋の親爺に訊いて分かったという。ときおり、伊之助はその桟橋に舟をとめているそうだ。

「行ってみるか」

「こっちでさァ」

綾次が先に立って歩きだした。

一町ほど歩くと、浜町河岸沿いに春米屋があった。その前にちいさな桟橋がある。

三艘の猪牙舟が舫ってあり、流れに揺れていた。

「三艘のなかに、伊之助の舟もあるのか」

隼人が訊いた。

「親爺の話だと、このなかに伊之助の舟はねえそうで」

「そうか」

隼人はゆっくりと両国の方へむかって歩きだした。すぐ後ろから、利助と綾次が跟《つ》いてくる。

「利助、綾次」

隼人が声をかけた。

「へい」

ふたりいっしょに返事をした。

「頼みがある」

「なんです？」

「しばらく、あの桟橋を見張ってくれ。近いうちに、かならず伊之助があらわれる。跡を尾けてもらいてえんだが……。そうだ、繁吉と浅次郎も使おう。利助、繁吉のところに走ってな、舟を用意してくれ。伊之助の舟の行き先をつかむんだ」

「承知しやした！」

「舟の行き先が、小田切や黒田たちの隠れ家にちげえねえ」

隼人が目をひからせて言った。

5

「旦那さま、今日も遅いのですか」

おたえが、甘えるような声で訊いた。おたえは隼人を送るために、玄関まで跟《つ》いてきたのである。

隼人は、ここ連日帰りが遅かった。探索のためであったが、ときには豆菊で飲んで帰る日もあった。

「おたえ、関口が斬られたのを知っているな」

隼人が声を低くして言った。

「は、はい」

おたえが、急に真面目な顔をした。

「おゆきと竜之助が、兄の敵を討たんとして連日剣術の稽古をしていることを知っているな」

「その敵が、此度《こたび》の件とかかわりがあるようなのだ。おれは、お奉行の指図で、その件の探索にあたっている。それで、帰りが遅くなるのだ」

「はい」

「…………」

おたえの顔が、ひきしまった。

ふたりは土間の前まで来ていた。戸口で、挟み箱を担いだ庄助が待っている。隼人は、奉行所に出仕するつもりでいた。天野以外の定廻り同心に探索の様子を聞いておきたかったのだ。

「夜も厭《いと》わず探索に当たるのが、隠密廻り同心の務めである」

隼人がもっともらしい顔をして言った。

「心得ました」

おたえが上がり框近くに膝を折った。

「おたえ、留守を頼むぞ」

隼人は兼定を腰に帯びた。

「いってらっしゃいませ」

おたえが、三つ指をついて恭しく頭を下げた。

戸口から出ると、いつものように庄助が挟み箱を担いで跟いてきた。

「旦那、うらやましいですね。……三つ指をついて、いってらっしゃいませ、なんて。あっしも、一度でいいから嬶《かか》ァに言われてみてえや」

「これでも、いろいろ気を使っているのだぞ」

隼人が歩きながら言った。

「お互い、気を使ううちがいいでさァ。……あっしも嬶ァも、ちっとも気を使わなくなっちまった。あっしが出てくるときだって、嬶ァのやつ、尻をむけたままめしを食ってたんですぜ」

「おめえも女房に、声もかけずに出てきたんじゃァねえのか」

「まァ、そうで……。その方が気楽でいいか」

庄助が苦笑いを浮かべて言った。

そんなやり取りをしながら、隼人と庄助は表通りへ出た。八丁堀に向かって歩きだしたとき、隼人は路傍に立っている三人の武士に気付いた。いずれも、網代笠をかぶっていた。羽織袴姿で二刀を帯びている。

……黒田たちか！

一瞬、隼人は黒田たち三人の待ち伏せではないかと思った。

だが、三人の身辺に殺気がなかった。それに、三人とも羽織袴姿で、牢人体の者はいなかった。

隼人と庄助が近付くと、三人の武士は道のなかほどに出てきた。

「長月どのでござろうか」

大柄な武士が、網代笠を取った。三十がらみであろうか。眉が濃く、頤《おとがい》の張った男だった。武辺者らしい面構えである。

他のふたりも大柄な武士の後ろに立って笠を取った。ふたりとも眼光の鋭い剽悍そうな男だった。

「いかにも、そこもとたちは」

「高篠藩士、江崎稔蔵にござる」

大柄な武士が名乗った。すると、後ろに立った中背の武士が、

「橘信八郎にござる」

と名乗り、もうひとりのずんぐりした体軀《たいく》の武士が、

「それがしは、横瀬川源十郎でございます」

と、つづいた。

「して、用件は」

隼人が訊いた。

「そこもとたちが、黒田弥三郎と菅沼七郎兵衛を追っていることを知りもうした」

江崎が低い声で言った。

「それで？」

「われら、ゆえあって、黒田と菅沼を討たねばなりませぬ」

「討っ手か」

「そう思っていただいて結構でござる。……そこで、そこもとに頼みたいのだが、黒田と菅沼を捕らえる前にわれらに知らせていただき、ふたりを討たせてもらいたいのだ」

江崎が言うと、他のふたりも、ちいさくうなずいた。

おそらく、江崎たち三人は、黒田と菅沼が町方に捕縛されて詮議されては困るのだ。上意討ちが果たせなかった上に、藩の恥にもなるのだろう。

「われらは、黒田と菅沼を捕らえるつもりはない」

隼人が言った。

「それは、ありがたい」

江崎が表情をくずした。

「ただし、黒田と菅沼はわれらが斬るつもりでいる」

「どういうことでござろう」

江崎の顔が、またけわしくなった。

「関口洋之助なる町方同心が、黒田に斬られたのだ。関口の妹弟《きょうだい》が、兄の敵を討たんとして艱難《かんなん》辛苦の修行をつづけている。われらは、何としても妹弟に敵を討たせてやりたいのだ」

艱難辛苦の修行はすこし大袈裟だが、おゆきと竜之助が必死で稽古をしていることに偽りはない。

「うむ……」

江崎の顔に、戸惑うような表情が浮いた。

「黒田が関口姉弟に敵として討たれたとして、そこもとたちにとって、主命にそえなかったことにはならないのではないかな。直接手を下さなかったとしても、黒田と菅沼を始末したことに変わりない」

江崎たちは、藩に帰って何とでも言えるはずだ。自分たちが黒田たちの行方をつきとめる前に、敵として討たれてしまったと言えば、それで済むだろう。

「そうだが……」

江崎に戸惑うような表情が浮いた。

「それに、高篠藩のことは口外せぬ」

「うむ……」

江崎は視線を落として黙考していたが、何か思いついたように顔を上げて、

「ところで、黒田と菅沼には、仲間がいるようだが……」

と、訊いた。江崎たちが天野たちを助けたとき、小田切と民造が黒田たちといっしょにいたのである。

「いかにも」

「仲間がいるとなれば、敵を討つにも助太刀がいるはずだ。どうであろう、黒田と菅沼を討つおり、われらに助勢させていただけぬか。さすれば、だれが黒田を討ったとしても、われらの面目が立ちまする」

江崎が言うと、橘と横瀬川がうなずいた。

「承知した」

隼人や関口姉弟にとって、悪い話ではなかった。敵討ちとなれば、捕方を大勢動員するわけにはいかない。黒田、菅沼、小田切は遣い手である。しかも、黒田は霞返しなる必殺剣を遣う。隼人や天野が助勢したとしても、おゆきと竜之助が返り討ちに遭

う恐れがあった。江崎たちが手を貸してくれれば、大きな戦力になるだろう。

「ところで、黒田の遣う霞返しなる剣をご存じか」

隼人がゆっくりと歩きだしながら訊いた。いつまでも、路傍に立ったまま話してい
るわけにはいかなかったのである。

「知っている」

江崎が低い声で言った。

「どのような剣です？」

隼人が、天野から聞いていたのは、構えだけである。

「黒田の構えは下段。気を抜いた構えで、対峙した者はまったく気魄を感じないのだ。

しかも、黒田の面や肩口に隙が見える」

江崎の話によると、黒田はその覇気のない下段のまま間合をつめてくるという。

対峙した敵は黒田の面や肩口の隙を見て、真っ向や袈裟に斬り込んでいく。それが
誘いで、黒田はすかさず下段から逆袈裟に斬り上げる。

「黒田は敵の斬撃を撥ね上げ、刀身を返しざま二の太刀を真っ向へ斬り込んでくる。

それが迅《はや》い。まさに、電光石火の迅技《はやわざ》でござる」

「うむ……」

「その返しが迅く、敵に太刀筋が見えないことから霞返しと称されている」

江崎が言った。剣客らしいけわしい顔である。

「黒田の身につけた流は？」

隼人が訊いた。

「江戸勤番のおり、市中の道場で一刀流を修行したそうでござる。ただ、霞返しは黒田が独自に工夫し、身につけた剣でござる」

江崎によると、黒田は国許に帰ってからも修行をつづけ、さらに山中に籠《こも》ったりして剣の工夫に励んだ。その結果、霞返しの剣を会得したという。

「黒田は勘定方だと聞いたが」

隼人は勘定方に勤めている者が、そのような修行が可能なのか腑に落ちなかったのである。

「勘定方といっても下役で、足軽にちかい軽格な身分でござる。それに、黒田と菅沼は剣の達者ということで、上役から特別なはからいがあったようだ」

江崎が言うと、横瀬川が、

「その特別な扱いが、慢心を生んだようでござる」

と、言い添えた。

「慢心とは？」

「おのれの腕を笠に着て、わがままな振る舞いが目立つようになってきたのでござる。そして、上役がとめたのにもかかわらず、中老に高禄で藩の剣術指南役にとりたてるよう直訴した」

この直訴に対し、勘定方の上役ふたりが黒田と菅沼を呼びつけて、強く意見した。ところが、黒田と菅沼は逆上し、その場で上役ふたりを斬って国許から逃走したという。

「そういうことか」

隼人は黒田たちが出奔し、江崎たちが討っ手として出府した経緯が分かった。

「いずれにしろ、霞返しは妙剣でござる」

江崎がけわしい顔で言った。

「油断はすまい」

隼人は、黒田の遣う霞返しと勝負する時がくるような気がしたのだ。

「では、これにて」

隼人は何か連絡することがあれば吉崎屋に伝えておくことを話し、江崎たちとその場で別れた。

第五章　人質

1

利助と綾次は、浜町河岸沿いの灌木《かんぼく》の陰にいた。そこは春米屋の脇の狭い空き地で、笹藪や灌木などが茂っていた。

七ツ半（午後五時）を過ぎているだろうか。夕日が、西の家並の向こうに沈みかけていた。浜町河岸は夕映えに染まっている。

「兄い、伊之助は姿を見せやせんね」

綾次が生欠伸《なまあくび》を噛み殺しながら言った。

利助と綾次が、この場に身をひそめて一刻（二時間）ほど経っていた。しかも、この場に張り込むようになって三日目である。張り込みは午前中一刻（二時間）ほど、午後一刻半（三時間）ほどと決めていたが、ただ凝《じっ》としているだけなので、かなり飽きるのだ。

「そうだな」

利助も、うんざりした顔をしていた。

「今日は、これくらいにしておきやすか」

綾次が小声で言った。

「まだ、陽が沈んじゃいねえぜ」

利助たちは、暮れ六ツ（午後六時）の鐘が鳴り、いっときして辺りが暮色に染まるまで張り込むことにしていたのだ。河岸沿いの表店は、まだひらいていた。ぽつぽつと人影もある。

「もう来ねえような気がしやすよ」

そう言うと、綾次は両手を突き上げて大きく伸びをした。

「綾次、岡っ引きで一番大事《でえじ》なことはな、辛抱なのよ。おめえみてえな、飽きっぽいやつは、岡っ引きにはなれねえぜ」

利助が、もっともらしい顔をして言った。

「へえ……」

綾次が空気の漏れるような返事をして、首をすくめた。

そのとき、浜町堀の先に猪牙舟が見えた。

「おい、舟が来たぜ」

利助が言った。

舟は大川方面から、利助たちのいる方へ近付いてくる。水押しが夕日に染まった水面を分け、白い水飛沫《しぶき》を上げていた。

舟には船頭と武士らしい男がひとり乗っていた。夕日のなかで、黒い影のように浮かび上がっていたが、近付くにしたがって、しだいにはっきり見えてきた。

「兄い、伊之助と小田切だ！」

綾次がうわずった声で言った。

ふたりは、伊之助と小田切を見ていなかったが、人相や風体を聞いていた。艫に立って艪を漕いでいる男は、黒の半纏に股引姿で手ぬぐいで頬っかむりしていた。いかにも船頭ふうである。もうひとりは、牢人だった。総髪で、大柄である。

ふたりの乗る舟が間近に迫ると、牢人の顔がはっきりしてきた。唇が厚く、目がギヨロリとしている。

「まちげえねえ、伊之助と小田切だ」

「兄い、尾けやすか」

綾次が樹陰から出ようとした。

「慌てるな。まず、舟から下りてからだ。それに、繁吉にも知らせておかねえとな」

利助が目をひからせて言った。

繁吉と浅次郎は、二町ほど離れた桟橋に舫ってある猪牙舟のなかにいるはずだった。

ふたりは、伊之助が舟であらわれたとき、舟を尾けることになっていた。陸と舟の尾行を別々に受け持ち、小田切たちの隠れ家と房太郎の監禁場所をつきとめる手筈《てはず》になっていたのだ。

「兄い、桟橋に舟をとめやすぜ」

見ると、伊之助の漕ぐ舟は桟橋に水押しを寄せてきた。

「綾次、やつらに気付かれねえように繁吉に知らせてこい」

「へい」

綾次は、樹陰から笹藪の陰にまわり、舟からは見えないように身を低くして通りへ出た。そして、上流にむかって走りだした。

その間に、舟が桟橋に横付けされた。小田切は船底に置いてあった網代笠を手にして桟橋に飛び下りた。伊之助は舫い杭に舟を繋ぐと、小田切につづいて短い石段を上がり、通りへ出た。

小田切は網代笠をかぶった。顔を隠すつもりらしい。ふたりは、栄橋の方へ歩いていく。

……綾次はまだか。

利助は綾次がもどってからふたりの跡を尾けようと思い、樹陰から出なかった。しだいに、伊之助と小田切の背が遠ざかっていく。

これ以上待てなかった。利助は、ひとりで尾けようと思った。

樹陰から通りに出て後ろを振り返ると、綾次の姿が見えた。懸命に走ってくる。

……早くこい！

利助が手を振って呼んだ。

綾次は顔を真っ赤にし、荒い息を吐きながら駆け寄ってきた。

「尾けるぜ」

そう声をかけると、利助は小田切たちの跡を尾け始めた。綾次は、ハア、ハア息をつきながら跟《つ》いてくる。

前を行く小田切たちは栄橋のたもとを過ぎると、すぐに右手の路地へ入った。

……元の隠れ家に帰《けえ》るのか！

その路地を入ると、小田切の住処《すみか》だった借家がある。利助は隼人から聞いて借家を見ておいたのだ。

利助はすこし足を速めた。小田切たちの姿が見えなくなったからである。そのときふいに、路地から小田切と伊之助が出てきた。利助の方へむかって歩いてくる。

利助は慌てて表店の脇にあった天水桶の陰に隠れた。綾次も、小田切たちがもどってくるのに気付き、通り沿いの樹陰に身を隠した。

小田切と伊之助は、すこし間をおいて歩いてくる。牢人と船頭ふうの男がいっしょに歩いていると、人目を引くからであろう。

ふたりは、足早に利助のひそんでいる天水桶の前を通り過ぎた。利助と綾次に、気付かなかったようだ。

利助はふたりの姿が一町ほども遠ざかったところで、天水桶の陰から出た。それだけ間があれば、小田切たちが振り返っても尾けているとは思わないはずだ。

「兄い、やつら何しに来たんですかね」

綾次が利助に身を寄せて訊いた。

「様子を見に来たんじゃァねえかな」

小田切たちは、借家に入らなかったはずだ。そばに近付いただけで引き返してきたにちがいない。町方の動きをさぐりに来たのではあるまいか。

前を行く小田切たちは、舟をつないである桟橋の前を通り過ぎた。そのまま、大川の方へむかっていく。

「やつら、どこへ行く気だい」

綾次が言った。

「分からねえ。尾けてみるさ」

いつの間にか陽が沈み、浜町堀沿いの道は淡い暮色に染まっていた。表店は店仕舞いし、通りの人影もあまり見られなくなってきた。

小田切たちは、大川端へ突き当たると、左手に折れた。川沿いの道を行徳河岸の方へむかって歩いていく。

……吉崎屋の様子を見に来たのかもしれねえ。

と、利助は思った。

2

浜町堀は淡い夕闇につつまれていた。水面が西の空の残照を映じて、にぶい茜色に染まっていた。岸辺に群生した葦や茅の陰は、よどんだような闇につつまれている。

繁吉と浅次郎は、岸辺に寄せた舟のなかにいた。浅場の杭に舫い綱をかけて、舟をとめていたのである。

繁吉たちの乗る舟の半町ほど先に栈橋があった。その栈橋に、伊之助と小田切が乗ってきた舟が繋いである。

繁吉たちは、船底に腰を下ろしたまま栈橋に目をむけていた。伊之助たちがもどって来るのを待っていたのである。ふたりとも濃紺の半纏に身をつつみ、焦げ茶の手ぬぐいで頰っかむりしていた。ふたりの姿は夕闇に溶けるようにまぎれている。

「そろそろ来てもいいころだな」

繁吉が小声で言った。

「暗くなる前に、もどってくると思いやすが」

浅次郎が栈橋に目をむけて言った。

猪牙舟の船縁を打つ水の音が、絶え間なく聞こえていた。風が出てきたのか、岸辺の葦や茅がサワサワと揺れている。

「おい、来たぞ」

繁吉が指差した。

通りの先に人影が見えた。ふたりである。ひとりは網代笠をかぶった牢人体だった。もうひとりは、手ぬぐいで頰っかむりをした船頭ふうの男だった。小田切と伊之助である。

　ふたりは桟橋につづく石段を下り、桟橋から舟に足を運んだ。

「さて、おれたちも舟を出すか」

　繁吉は立ち上がると艫に立ち、舫い綱をはずした。

　小田切と伊之助は舟に乗り込んだ。伊之助が艫に立って棹を握っている。小田切は船底に腰を下ろしたようだ。

　いっときすると、小田切と伊之助の乗る舟は桟橋を離れ、大川の方へむかった。

　繁吉も棹を使って舟を桟橋から離し、水押しを大川の方へむけた。小田切たちの舟とは二町ほど間があろうか。艫に立った伊之助の姿が、夕闇のなかに黒く浮き上がったように見えている。

「兄い、利助さんたちですぜ」

　浅次郎が堀沿いの道を指差した。

　見ると、利助と綾次が路傍に立って手を振っていた。利助が口をひらいて何か言っている。声は聞こえなかったが、後はまかせたぜ、と声をかけたようだ。

　繁吉たちの乗る舟は浜町堀の水面をすべるように下り、いっときすると大川へ出た。

　前を行く小田切たちの舟は、中洲と呼ばれる浅瀬の脇を通って大川のなかほどに出ると、水押しを下流にむけた。

眼前に永代橋が迫ってくる。小田切たちの舟は流れにまかせて橋梁をくぐり、さらに下っていく。

「深川じゃァねえな」

利助が声を大きくして言った。

大川の流れの音が、絶え間なく聞こえていた。流れの音で、大声でないと聞き取れないのだ。もちろん、小田切たちの舟に声がとどくようなことはない。

大川は濃い暮色につつまれていた。黒ずんだ川面が無数の起伏を刻み、広漠とした江戸湊の海原までつづいている。日中は、客を乗せた猪牙舟、屋形船、荷を積んだ艀、それに江戸湊には白い帆を張った大型の廻船も見られるのだが、いまは夕闇のなかに何艘かの猪牙船の黒い船影が見えるだけである。

「どこへ、行くつもりですかね」

浅次郎が、船縁から首を伸ばすようにして言った。

「芝か、高輪か……」

繁吉も、どこへ行くか分からなかった。

すでに、小田切たちの舟は佃島《つくだじま》の脇を過ぎて江戸湊へ入っている。

舟は陸寄りを南にむかって進んでいた。いっときすると、右手の奥に増上寺が見えてきた。支院の甍《いらか》が幾重にも連なり、その先には増上寺の堂塔が黒々と夕闇を圧するように見えていた。

舟は増上寺を右手に見ながら南に進み、新堀川の河口を過ぎた。そして、大名家の下屋敷の脇を進み、入間川《いりあいがわ》の河口へ水押しをむけた。

「おい、入間川へ入《へえ》ったぜ」

繁吉は艪を巧みにあやつって、水押しを河口へむけた。

舟は入間川の流れを溯《さかのぼ》っていく。ゆるやかな流れなので、艪を漕ぐのもそれほどの難儀ではない。

すでに辺りは淡い夜陰につつまれていたが、まだ提灯が必要なほどではなかった。川沿いの家並は夜陰のなかに沈み、ひっそりとしている。

前方に芝橋の橋梁が見えてきたところで、前を行く舟が岸辺に寄ってきた。

「兄い、舟がとまった！」

浅次郎が声を上げた。

見ると、小田切たちの乗る舟は岸辺の船寄に船縁《ふなべり》を付けている。

繁吉は慌てて、水押しを岸辺へむけた。そして、岸際に立っている杭を見つけると、舫い綱をひっかけて舟を寄せた。ザリザリと船底が、川底の砂を擦った。そこは浅瀬だったが、これ以上舟を小田切たちのいる船寄に近付けるわけにはいかなかったのだ。

「小田切と伊之助が、舟から下りやしたぜ」

ふたりは船寄に下り、土手を上っていく。

「飛び下りろ！」

繁吉が船縁に足をかけて跳躍した。何とか、岸辺の叢《くさむら》に着地できた。つづいて、浅次郎が跳んだ。バシャ、と水音がした。片足だけ、浅瀬につっ込んだらしい。

ふたりは、雑草の生い茂った土手の急斜面を這い上がった。土手の上に小径《こみち》がつづいている。

「あそこだ！」

繁吉が指差した。

夜陰のなかに、小田切と伊之助の後ろ姿が見えた。土手の上の小径を足早に川上にむかって歩いている。

繁吉と浅次郎は、ふたりの跡を尾け始めた。樹陰や土手に群生した芦の陰などに身を隠して尾けていく。

小田切たちは三町ほど歩くと、東海道へ突き当たる手前の路地を左手にまがった。この辺りは本芝一丁目である。

繁吉と浅次郎は小走りになった。前を行くふたりの姿が見えなくなったからである。路地の角まで行くと、小田切たちの後ろ姿が見えた。

そこは寂しい路地で、住家はすくなかった。雑草におおわれた空き地や笹藪などが目立ち、人影はなかった。

その路地をしばらく歩くと、松の疎林になった。小田切たちは松林に入ってすぐ、路地沿いにあった屋敷に入っていった。板塀をめぐらせた古い屋敷だった。隠居所か、富商の寮といった感じである。

「やつらの隠れ家にちげえねえ」

繁吉が言うと、綾次も目を剝いてうなずいた。

ふたりは、足音を忍ばせて、板塀に近寄った。屋敷はだいぶ荒れていた。板塀は所々朽ちて倒れていた。屋敷の庇《ひさし》が落ちて垂れ下がり、板戸の板は剝《は》げて桟が剝き出しになっている。

「まるで、狸か狐でも棲《す》んでいそうな屋敷だぜ」

「兄い、声が聞こえやすぜ」

浅次郎が、小声で言った。

耳を澄ますと、家のなかからかすかに人声が聞こえた。くぐもったような声で話の内容までは聞き取れないが、男の会話であることは分かった。それに物音もした。床板を踏むような音や障子を開け閉めするような音が聞こえる。何人かいるようである。

「やっと、見つけたぜ」

繁吉は、ここが小田切や黒田たちの隠れ家だと確信した。

「どうしやす」

浅次郎が小声で訊いた。

「あとは、長月の旦那に話してからだ」

繁吉は、明日にも八丁堀へ出かけて隼人に知らせようと思った。

3

「隠れ家をつかんだか！」

隼人は繁吉から話を訊くと、声を上げた。小田切たちが入った古い屋敷が、新しい隠れ家にまちがいないと思った。

隼人と繁吉たちがいるのは、八丁堀の組屋敷の縁先だった。登太の髪結いを終え、浜町河岸に様子を見に行ってみようと思って立ち上がったとき、繁吉と浅次郎が姿を見せたのである。

「利助たちのお蔭でさァ」

繁吉は、利助たちといっしょに浜町河岸に張り込んでいたことを言い添えた。

「それで、房太郎は監禁されていたのか」

隼人が訊いた。

「そこまでは分からねえんで……。ともかく、旦那に早く知らせようと思い、飛んで来たんでさァ」

繁吉が照れたような笑いを浮かべて言った。

「繁吉、舟は出せるのか」

隼人は自分で隠れ家を探ってみようと思った。それに、小田切や黒田たちと一戦交えることになるかもしれないので、屋敷の様子も見ておきたかったのだ。

「日本橋川の桟橋に繋いでありまさァ」

繁吉が、深川から舟で来たことを言い添えた。

「芝まで、舟で連れていってくれ」

隼人が言った。

「合点で」

繁吉は、すぐにその気になった。

隼人はいったん屋敷にもどり、羽織袴に着替えてきた。八丁堀ふうの格好で行ったのでは、目立ってしまうのだ。

隼人は鎧ノ渡し近くの桟橋に舫ってあった繁吉の舟に乗り込んだ。艫に立って艪を漕ぐのは、繁吉である。

舟は日本橋川から大川へ出ると、水押しを川下へむけた。

入間川へ入ると、川上にむかい、川岸の船寄へ舟をとめた。昨日、伊之助が舟をとめた船寄である。

「旦那、こっちでさァ」

舟を下りると、繁吉が先にたった。

土手沿いの小径から路地に入り、いっとき歩くと松林になった。昨日は夕闇につつまれて見えなかったが、松林の先に砂浜と江戸湊の青い海原が見えた。潮騒が聞こえる。風光明媚《めいび》な地である。

「旦那、あの屋敷でさァ」

繁吉が指差した。

松林の先に屋敷の屋根が見えた。富裕な商家の隠居が、のんびり余生を送るために建てた隠居所かもしれない。

「身を隠しながら近付こう」

隼人たち三人では、屋敷にいる小田切や黒田たちに見つかったら太刀打ちできないだろう。

隼人たちは足音を忍ばせ、林間の灌木や笹藪の陰などに身を隠しながら屋敷に近付いた。そして、屋敷をかこっている板塀に身を寄せた。

海に面している側に庭があった。屋敷の表らしい。庭といっても長年放置されたらしく、雑草におおわれていた。庭の先が砂浜で、さらに江戸湊の青い海原がひろがっている。

板塀に耳を寄せると、人声と物音が聞こえてきた。男の声だった。物音は床を踏む音や障子をあけしめする音である。何人かいるらしい。

「裏手へまわってみよう」

裏手は屋敷と塀との間が狭かったので、男の声が聞き取れるかもしれない。

隼人たちは塀沿いを足音を忍ばせて歩き、屋敷の裏手にまわった。しだいに、物音や話し声が大きくなってきた。

家のなかから、男の話し声と瀬戸物の触れ合うような音が聞こえた。話が聞き取れそうだ。

……もう一杯、どうだ。

男の濁声が聞こえた。

……おお、すまん、すまん。

別の声がした。酒を飲んでいるようだ。恐らく、貧乏徳利の酒を仲間内で飲んでいるのだろう。

……百両とはな。吉崎屋もしぶったではないか。

もうひとり、別の声がした。低く、重いひびきのある声である。どうやら、吉崎屋から新たに百両出させたらしい。

……なに、吉崎屋の倅はこっちで預かってるんだ。そのうち、出すさ。吉崎屋ほどの大店なら、千両ぐらい何とでもなる。

……ところで、房太郎の具合はどうだ。

濁声の主が訊いた。

……風邪だろう。奥で、咳をしてるのが聞こえないか。げっそりしてるが、死にゃァしない。

……死んでもかまわんがな。金さえ貰えば、房太郎などどうなってもいいのだ。

重いひびきのある声の主が言った。

男たちのやり取りを聞いていた隼人は、房太郎はこの屋敷に監禁されている、と分かった。屋敷の奥に、とじこめられているようだ。風邪をひいて、咳が出るらしい。

隼人は、繁吉と浅次郎にさらに裏手に移動するよう手で合図した。裏手が屋敷の奥にあたるのだ。

屋敷の裏手にまわると、水を使う音が聞こえた。台所になっているようだ。そのとき、コン、コン、と乾いた咳の音が聞こえた。台所近くの座敷らしい。

……ここだ！

咳の音で、房太郎が監禁されている部屋の位置が分かった。裏手から侵入すれば、台所を抜けてすぐだろう。

隼人は、男たちが酒を飲んでいる部屋、台所、監禁されている部屋などを頭に入れると、その場を離れた。

松林のなかの小径にもどってから、

「明日にも、仕掛けよう」

と、繁吉たちに言った。

4

関口家の庭は淡い暮色に染まっていた。隼人、天野、おゆき、竜之助の四人が、けわしい顔で立っている。

おゆきは白鉢巻きに襷がけで懐剣を手にしていた。こわばった顔で、目をつり上げている。すこし痩せたようだ。頬の肉が落ち、首筋が細くなったように見える。色白の顔とあいまって、悽愴さがあった。

一方、竜之助も、襷がけで袴の股だちをとっていた。刀を手にし、眦《まなじり》を決している。

隼人は芝から八丁堀にもどると、天野の家に立ち寄り、ふたりで関口家へむかったのだ。いよいよ明日、敵討ちを決行しようと腹をかためたのである。

隼人から事情を聞いたおゆきは、

「まことですか！」

と声を上げ、懐剣を手にして立ち上がり、

「長月さま、いまのままでは黒田を討てないような気がいたします」

と、決意のなかにも不安の影をのぞかせて言った。

「うむ……」

隼人も、おゆきと竜之助の腕では黒田を討てないとみていた。隼人と天野が助太刀し、勝負がついてから姉弟に一太刀なりともあびせさせるしかないだろう。

ただ、黒田の遣う霞返しなる剣がどのようなものか、隼人ははっきりとつかんでいなかった。

……おれたちが、後れをとる恐れもある。

と、隼人は思っていた。そうなれば、敵討ちどころか、返り討ちに遭うだろう。

「もう一手、工夫してみよう」

隼人が言い、四人で庭に出たのである。

「おれが、黒田になろう」

そう言って、隼人が庭のなかほどに立った。

天野が隼人と相対し、おゆきが左手に、竜之助は右手前方に立った。

天野は青眼に構え、切っ先を隼人にむけた。おゆきは懐剣を胸の前に構え、竜之助は八相にとった。隼人が教えたとおりの構えである。

……いくらか様になっている。

隼人は、おゆきと竜之助の構えを見て思った。この間、ふたりが必死に稽古に取り組んだ成果である。そうはいっても、剣の心得のある者を討つのはむずかしいだろう。

「行くぞ！」

隼人は兼定を抜いた。下段に構えると、両肩の力を抜き、ダラリと切っ先を足元に垂らした。江崎から聞いていた霞返しの構えをとったのである。

隼人は下段に構えたまま足裏を摺るようにして、天野との間合をつめ始めた。

一足一刀の間境に迫ったとき、隼人はさらに気魄を消し、面や肩先に隙を見せた。誘いである。

刹那《せつな》、天野の全身に斬撃の気がはしった。

ヤアッ！

鋭い気合とともに天野の体が躍り、切っ先が隼人の頭上を襲う。

青眼から真っ向へ。踏み込みながらの斬撃である。

間髪をいれず、隼人は下段から逆袈裟に刀身を撥ね上げた。

キーン、という金属音がひびき、ふたりの刀身が上下に跳ね返った。勢いあまって天野の体が泳ぎ、隼人の体勢もくずれた。お互いが相手の強い斬撃に押されたのである。

「竜之助！　斬り込め」

隼人が叫んだ。

タアッ！

甲走った気合を発し、竜之助が八相から袈裟に斬り込んできた。

隼人は、体をひねりながら刀身を横に払い、竜之助の斬撃をはじいた。

「おゆき、いまだ！」

さらに、隼人が声を上げた。

すると、おゆきが踏み込みざま、エイッ！　と気合を発し、手にした懐剣を突き出した。懐剣の切っ先が隼人の腋へ伸びてくる。

咄嗟に、隼人は身を引き、おゆきの右腕を抱えるようにつかんだ。

「これまで！」

隼人が声を上げると、四人はそれぞれ動きをとめた。

「まだ、黒田は討てぬ。おそらく、黒田はおれより動きが迅《はや》いはずだ」

隼人は、天野もおゆきたちも黒田の斬撃をあびたのではないかと思った。

「いま、一手！」

隼人が言った。

ふたたび、隼人が下段に構えると、天野が正面に立ち、おゆきは左手、竜之助は右手前方に立った。

「おゆき、竜之助、おれを黒田だと思い、体ごと突き当たるように踏み込んでこい」

隼人が声を強くして言った。

「はい！」

おゆきと、竜之助が同時に応えた。

隼人は下段に構えたまま足裏を摺るようにして間合をつめ、さきほどと同じように隙を見せて天野の斬撃を誘った。

タアッ！

天野が鋭い気合を発して、真っ向へ斬り込んできた。すかさず、隼人が下段から刀身を撥ね上げて、天野の刀身をはじく。

つづいて、隼人の声で、おゆきと竜之助が斬り込んだ。

隼人たち四人の体捌きや太刀筋は、ほぼ同じである。ただ、わずかにおゆきと竜之助の踏み込みが鋭くなったようだ。姉弟の必死さが、捨て身の気魄を生んだのであろう。

それから半刻（一時間）ほどすると、庭は夜陰につつまれてきた。おゆきと竜之助の息が上がり、肩が上下している。

「行灯を縁先に出してくれ」

隼人がおゆきに言った。

まだ、稽古をやめるつもりはなかった。いまのままでは、黒田を討つのはむずかしいだろう。

おゆきは、はい、と応え、すぐに縁先から部屋へ入り、行灯を手にしてもどってきた。

縁先に置いた行灯に火を点《と》すと、辺りがぼんやりと明らんだ。十分の明るさではなかったが、何とか剣をふるうことはできるだろう。

「今度は、天野が黒田になってくれ」

黒田を討つおり、隼人は自分が黒田と対峙する気もあったのだ。

「承知」

天野は下段に構え、刀身を足元に垂らした。

隼人は、暗くなったこともあり、おゆきと竜之助に斬り込む真似だけするように念を押してから天野と対峙した。

……面と肩先に隙がある！

隼人は、天野の下段の構えに隙があるのを見てとった。

天野が摺り足で間合をつめてきた。そして、斬撃の間境の半歩手前に迫ると、斬り込んでくる気配を見せた。

イヤアッ！

隼人が裂帛《れっぱく》の気合を発し、真っ向へ斬り込んだ。

瞬間、手の内をしぼって、切っ先を天野の額から一尺ほどのところでとめた。

次の瞬間、天野が下段から逆袈裟に刀身を撥ね上げ、隼人の刀身をはじいた。甲高い金属音がひびき、夜陰に青火が散った。

そのとき、おゆきと竜之助がつづいて踏み込み、突きと斬撃をみせた。ふたりとも、天野の体に切っ先が触れないように、懐剣と刀をとめている。

すかさず、天野が刀身を返しざま、真っ向へ斬り込んできた。霞返しの太刀捌きである。ただ、天野の返しは、それほど迅くなかった。その太刀筋が、隼人にははっきりと見えた。

おそらく、このときの黒田の返しの太刀筋は見えないのだろう、と隼人は推測した。まともに、立ち合ったら、後れをとりそうである。

……間合が勝負か。

と、隼人は踏んだ。

それから、一刻（二時間）ほども稽古をつづけ、おゆきと竜之助の腰がふらついて

きたのを見て、

「なんとか、黒田を討てよう」

と言って、隼人は刀を納めた。

隼人には、黒田が討てるかどうか分からなかった。ただ、姉弟に自信をつけさせるためにそう言ったのである。

縁先は深い夜陰につつまれていた。その夜陰のなかで、おゆきと竜之助の目が底びかりし、荒い息の音が弾むように聞こえている。

5

翌日、隼人が天野の家の前まで行くと、天野、おゆき、竜之助が待っていた。三人とも、けわしい顔をしていた。天野と竜之助は、小袖にたっつけ袴、足元を草鞋でかためている。おゆきは、旅に出るような扮装《いでたち》だった。着物の裾を帯に挟み、手甲脚半に草鞋履きである。三人だけで、ふだん天野にしたがっている与之助の姿もなかった。

「まいろう」

隼人は、そう声をかけただけだった。

天野たち三人は無言でうなずき、隼人の後ろについた。隼人たちは、これから芝にある小田切や黒田たちの隠れ家を襲撃することになっていたのだ。

晴天だった。陽は西の空にまわっていたが、陽射しは強かった。八ツ半（午後三時）ごろであろうか。八丁堀の町筋は、ひっそりとしていた。人影もまばらである。

隼人たちは大番屋の前を通り、鎧ノ渡し近くの桟橋へ出た。

桟橋に、数人の人影があった。高篠藩の江崎、橘、横瀬川、それに与之助、庄助である。江崎たちには、昨日のうちに吉崎屋を通して連絡しておいたのだ。

桟橋に舫ってある二艘の猪牙舟には、繁吉と浅次郎の姿もあった。隼人たちは二艘の舟に分乗して芝にむかうことになっていた。繁吉の舟が一艘、もう一艘は、吉崎屋から調達しておいたものである。

その場に、利助と綾次の姿はなかった。ふたりは午前中に芝に出向き、隠れ家を見張っていることになっていたのだ。

「舟に、乗ってくだせえ」

艫に立っていた繁吉が、声を上げた。

繁吉の舟に、隼人、江崎、橘、横瀬川、庄助が乗り、浅次郎の舟には、天野、おゆき、竜之助、与之助が乗り込んだ。

「舟を出しやすぜ」

繁吉が棹を巧みに使って舟を桟橋から離した。

つづいて、浅次郎も棹を使って舟を出した。繁吉にくらべると、舟の扱いに慣れていなかったが、それでも繁吉の舟に遅れることなくついていった。

二艘の舟は日本橋川の流れに乗り、すべるように大川へむかっていく。

佃島の脇を通り過ぎると、前方に江戸湊の海原がひろがっていた。空の青と海の青。水平線を境にして青一色に染まっている。その青い海原を白い帆を張った大型廻船が、品川沖にむかってゆっくりと航行していく。

二艘の舟は、増上寺の杜や堂塔を右手に見ながら進み、やがて入間川の河口に水押しをむけた。いっとき川を溯ると、

「舟を着けやすぜ」

繁吉が声を上げ、水押しを船寄にむけた。

つづいて浅次郎の漕ぐ舟も船寄に着き、天野たちが下り立った。

隼人たちが土手沿いにつづく小径へ出ると、こちらに走ってくる人影が見えた。綾次である。

綾次は隼人のそばに走り寄ると、

「旦那、待ってやしたぜ」

と、荒い息を吐きながら声を上げた。

「隠れ家の様子はどうだ」

すぐに、隼人が訊いた。

背後にいた江崎や天野たちも集まってきた。だれもが、隠れ家の様子が気になっていたのである。

「変わりありやせん」

綾次が答えた。

「黒田たちはいるな」

「へい、屋敷のなかから話し声が聞こえやした。それに、庭を歩いている黒田らしい男も目にしやしたんで」

「それで、利助は」

「兄いは、隠れ家を見張っておりやす」

「よし、行こう」

隼人は綾次について歩きだした。天野や江崎たちがつづく。

土手沿いの小径から路地に入り、松林のなかまで来ると、隼人は灌木の陰に足をとめた。

隼人のそばに集まってきた天野や江崎たちに、

「あれが、隠れ家だ」

と、林のなかを指差した。

林間の先に板塀、屋敷の屋根が見えた。

「兄の敵を！」

おゆきが目をつり上げ、屋敷にむかおうとした。

「待て！」

隼人が、逸《はや》るおゆきの肩をつかんでとめた。

「まだ、早い」

隼人は林間の先の海原に目をやって言った。西日を反射《はね》て、黄金を散らしたように輝いている。

隼人たちは、夕暮れ時に仕掛ける手筈になっていた。敵討ちの前に、房太郎を助け出さねばならない。おゆきと竜之助が黒田に挑むのは、まだ先である。

「ここに、身をひそめていてくれ」

隼人は天野と江崎だけを連れて、その場を離れた。仕掛ける前に、ふたりに屋敷の様子を見せておきたかったのである。

隼人たち三人は、灌木や笹藪などの陰に身を隠しながら隠れ家に近寄った。

板塀の陰に、利助の姿があった。屋敷のなかの様子をうかがっている。

利助は背後から近付く隼人たちの気配に気付いたらしく、後ろを振り返った。

「どうだ、なかの様子は」

隼人が小声で訊いた。天野と江崎も板塀に身を寄せた。

「小田切も黒田も、いやすぜ」

利助によると、半刻（一時間）ほど前まで、庭に面した縁側に出てきて、三人の武士が酒を飲んでいたという。顔は見えなかったが、洩れてきた話し声から、小田切、黒田、菅沼の三人であることが分かったという。

「三人で、酒を飲んでいたのか」

隼人が念を押すように訊いた。

「へい」

「ならば、そろそろ仕掛けてもいいな」

隼人が、海原に目をやって言った。

海を照らす陽が、橙色《だいだいいろ》を帯びてきていた。まだ、夕暮れ時までは間があるが、三人が酔っているうちに仕掛けるのも手である。

6

　隼人は、松林のなかに残しておいたおゆきたちを板塀の近くまで連れてくると、灌木や笹藪の陰などに身を隠させてから、

「ここにいて、様子を見ててくれ」

　と、天野やおゆきたちに言った。

　隼人は、利助と繁吉だけを連れて裏手から忍び込むつもりだった。大勢で踏み込んだら黒田たちに気付かれ、房太郎を人質に取られる恐れがあったのだ。それに、房太郎は裏手の部屋に監禁されていることが分かっていた。台所から忍び込めば、黒田たちに気付かれずに房太郎を助け出せるだろう。

「斬り合いになったら、おれたちも踏み込むぞ」

　江崎が言った。

「そうしてくれ」

　黒田たちに気付かれて斬り合いになれば、江崎たちの助太刀がいるだろう。相手は、黒田の他に菅沼と小田切がいる。

「行くぞ」

隼人が、小声で言って灌木の陰から出た。

おゆきと竜之助が、心配そうな顔で隼人たちを見送っていた。

隼人は、足音を忍ばせて板塀に近付いた。利助と繁吉がついてくる。

隼人たちは、朽ちて倒れた板塀の間から敷地内に侵入した。荒れた屋敷のお蔭で、侵入場所はいくらもあった。

屋敷の背戸はしまっていた。引き戸である。

背戸のそばまで行くと、なかで物音がした。台所に、だれかいるらしい。

隼人たちは、背戸を前にして息を殺していた。だれか台所にいるうちは、踏み込めないのである。

いっときすると、床板を踏むような音がし、台所の物音が聞こえなくなった。人のいる気配も消えている。

「あけろ」

隼人が小声で言った。

利助が、引き戸に手をかけて引いた。

すぐに、あいた。心張り棒はかってなかったらしい。もっとも、明るいうちから台所の戸締まりをすることはないだろう。

なかは薄暗かった。人影はない。土間の脇に、竈《へっつい》や流し場があった。突き当たりが狭い板敷きの間になっている。そこに、瀬戸物や酒器などを並べる棚があったが、わずかしか置いてなかった。それに、所々棚が朽ちて落ちていた。屋敷内も、だいぶ傷んでいるようだ。

隼人たち三人は、足音を忍ばせて板敷きの間に近付いた。表の方から、複数のくぐもった声が聞こえてきた。男たちの談笑の声である。

隼人が板敷きの間に近付いたとき、コン、コン、と乾いた咳の音が聞こえた。板敷きの間の奥の右手に障子がたててあった。その部屋から、咳は聞こえてくる。房太郎はそこにいるはずだ。

……咳のお蔭で、居場所が分かる。

隼人には、咳が居場所を知らせる音のように聞こえた。

隼人は板敷きの間に上がると、足音を忍ばせて右手の部屋に近付いた。ミシ、ミシ、と床板の軋《きし》む音がした。根太が腐っているようだ。

……動くな。

隼人は後ろから跟いてきた利助と繁吉に、その場にいるように手で合図した。三人で歩いたら、足音が黒田たちの耳にもとどくかもしれない。

隼人は障子に手をかけると、音のしないように、そろそろとあけた。部屋のなかは、薄暗かった。狭い座敷である。隅の柱のそばに人影があった。町人がひとり、うずくまっている。

青白い男の顔が、薄闇のなかに浮き上がったように見えた。目尻が裂けるほど目を見開いて、侵入してきた隼人を見つめている。男は後ろ手に縛られ、柱にくくりつけられていた。

「房太郎か」

隼人が声を殺して訊くと、男はうなずいた。

頰が肉を抉《えぐ》りとったようにこけ、目が落ちくぼんでいた。ひどく憔悴しているようである。

「助けにきたぞ」

そう言って、隼人が小刀を抜き、縛られた縄を切ろうとしたとき、房太郎が咳き込んだ。顔を上下に振りながら、激しく咳をした。

隼人はヒヤッとしたが、すぐに口元に苦笑いを浮かべた。

……咳が物音を消してくれる。

と、思ったのである。

隼人は急いで房太郎を縛っている縄を切り、房太郎の咳が治まるのを待って、

「歩けるか」

と訊くと、房太郎がうなずいた。

「よし、逃げだそう」

隼人が足音を忍ばせて部屋から出ると、房太郎がついてきた。すこしふらついていたが、助けがなくても歩けそうである。

板敷きの間に、利助と繁吉が立ったまま待っていた。ふたりは隼人と房太郎の姿を見ると、こわばっていた顔をくずした。

隼人は台所に下りた。房太郎がつづき、利助と繁吉が後についた。

背戸から外に出ると、夕日が松林の葉叢《はむら》から射し込んでいるのが見えた。かすかに、家の表の方から男の談笑が聞こえてきた。まだ、黒田たちは隼人たちが房太郎を助け出したことに気付いていないようだ。

……うまくいった。

隼人は胸の内でつぶやいた。

松林のなかへ入ったところで、

「ここまで来れば、もう安心だ」

隼人が言うと、

「あの……、どなたさまでしょうか」

房太郎が、戸惑うような顔をして訊いた。

「八丁堀の長月さまだよ」

後ろにいた利助が、房太郎の耳元でささやいた。

「お、お助けいただき、ありがとうございます」

房太郎は足をとめ、隼人に深々と頭を下げた。

第六章　浜の死闘

1

夕日が、砂浜の先に沈みかけている。西の空には、残照がひろがっていた。夕映えに江戸湊の海原が鴇《とき》色に染まり、無数の波の起伏を刻んでいる。大型廻船の白い帆も鴇色に染まり、海原をすべるように品川沖へ渡っていく。

華やかさと憂愁に満ちた夕暮れ時である。

隼人は松林のなかから海原に目をむけていたが、

「そろそろ、仕掛けよう」

と言って、視線を隠れ家の方へ転じた。陽が沈み、辺りが淡い暮色に染まるまで待ちたかったが、黒田たちは房太郎がいなくなったことに気付くだろう。それに、隼人には黒田たちの酔いが醒めないうちに仕掛けたい気もあった。

「はい」

おゆきがけわしい顔でうなずいた。

すでに、おゆきは襷で両袖を絞り、白鉢巻を結んでいた。竜之助も、白鉢巻に襷がけである。

「われらは裏手から表にまわろう」

江崎が言った。

隼人やおゆきたちが表から侵入し、江崎たち三人は裏手にまわり、黒田たちの動きを見てから表にまわる手筈になっていたのだ。

「まいろう」

隼人が先にたった。

天野、おゆき、竜之助が後ろにつき、さらに利助、繁吉、綾次、浅次郎がつづいた。

庄助と与之助は、房太郎とともにその場に残った。

隼人たち八人は板塀のそばまで行くと、塀沿いに表にまわった。屋敷の正面は板塀がなく、眺望がひらけている。わずかな松林があったが、その先は砂浜になっていた。夕映えに染まった江戸湊の海原がひろがっている。砂浜に打ち寄せる波の音が、絶え間なく聞こえてくる。

屋敷の住人は、この見事な景観を眺められるように海側に板塀をめぐらせなかったのであろう。

隼人たちは、狭い庭から縁先にむかった。縁先に人影はなかった。近付くと縁側の先の障子の向こうから、男の声が聞こえた。何か話しているようである。

縁側を前にして、隼人と天野の脇におゆきと竜之助が立った。利助たちは、後ろに身を引いていた。利助たちは、黒田たちにはかまわず、伊之助が姿をあらわしたら取りかこんで捕らえる手筈になっていたのだ。

「黒田弥三郎！　姿を見せろ」

隼人が声を上げた。

すると、おゆきが、

「兄の敵！　尋常に勝負せよ」

と、甲走った声で叫んだ。

障子の向こうから聞こえていた話し声がやんだが、動く気配がない。おそらく、外の気配を窺っているのだろう。

「菅沼、小田切、姿を見せろ！　黒田もろとも、成敗してくれる」

さらに、隼人が声を上げた。

障子の向こうで、人の立ち上がる気配がした。すぐに障子があき、長身の武士が姿を見せた。鼻梁が高く、頤が張っている。黒田弥三郎である。

障子が大きくひらき、中背の武士と大柄な牢人体の男が姿を見せた。菅沼七郎兵衛と小田切である。黒田たち三人は、手に大刀をひっ提げていた。咄嗟に、部屋に置いてあった刀をつかんで出てきたのであろう。

「兄の敵だと」

黒田が、おゆきと竜之助に目をむけて訊いた。

「南町奉行所、関口洋之助の妹、ゆき！」

おゆきが鋭い声で叫んだ。

「同じく、弟の竜之助！　黒田弥三郎、覚悟！」

竜之助が、声を張り上げた。

「女と餓鬼か」

黒田は口元に薄笑いを浮かべたが、隼人と天野に目をむけ、

「うぬら、八丁堀の者だな」

と、口元の笑いを消して誰何した。

「いかにも、関口姉弟に助太刀いたす」

天野が言い、隼人は無言でうなずいた。

「おもしろい！　ひとり残らず、冥途《めいど》に送ってくれよう」

黒田が、ゆっくりと縁側に出てきた。

「おれも、助太刀するぞ」

菅沼がつづき、小田切も縁側に姿を見せた。ふたりとも、ふてぶてしい顔をしていた。

「三人相手では、ここは狭すぎる。浜に出ろ」

隼人が後じさりながら言った。

庭があったが、一対一で闘うならまだしも、黒田、菅沼、小田切の三人を相手するには狭すぎた。ひろがって闘うことができないのだ。それに、狭い場所では、おゆきや竜之助が家の庭で稽古した位置に立てないのである。

隼人が後ろへさがると、天野、おゆき、竜之助の三人も同じように後ろへ下がった。

黒田たち三人は、隼人たちを追うように庭から砂浜の方へ出てきた。

夕日を映した白砂が、淡い赤みを帯びてひろがっていた。夕映えのなかで、海面が物憂いように揺蕩《たゆた》っている。

隼人たちの背後で、砂浜に打ち寄せる波の音が迫ってくるように聞こえた。

隼人たちと黒田たちが砂浜へ出ると、庭の隅に身を隠していた利助たち四人が、十手を手にして屋敷のなかに踏み込んだ。屋敷内にいるであろう伊之助を捕らえるためである。

このとき、江崎、橘、横瀬川の三人は、裏手から侵入し、背戸近くにいた。裏手はひっそりとして人のいる気配がなかった。

ふいに、屋敷の表の方から床板を踏む音と、利助たちの伊之助を呼ぶ声が聞こえた。屋敷内に踏み込んだらしい。

「表で、始まったようだぞ」

そう言うと、江崎は走りだした。屋敷の脇を通って正面へまわるのである。橘と横瀬川がつづいた。

縁側の脇まで来ると、砂浜に隼人や天野たちが、黒田たち三人と対峙しているのが見えた。まだ、だれも刀を抜いていなかった。お互いの間合が遠い。斬り合いは始まっていないようだ。

「急げ！」

江崎たち三人は走った。

2

隼人は海を背にして黒田と相対していた。右手に、おゆきと竜之助がいる。天野は竜之助の右手にいた。隼人と天野で、おゆきと竜之助を挟み、横に並んでいたのである。

黒田たち三人も横に並んでいた。隼人たちと黒田たちとの間合は、五間ほどあった。まだ、立ち合いの間合からは遠かった。

隼人は両手を垂らしたまま、刀を抜く気配を見せなかった。このままでは、勝負にならないと隼人は読んでいた。すこしでも間をとり、江崎たちが駆け付けるのを待つつもりだったのだ。

「抜けい！」

黒田が声を上げざま、抜刀した。

刀身が、ギラリ、とひかった。つづいて、菅沼と小田切が抜いた。三人の刀身が西の空の残照を映じて、血のような色にひかっている。

「兄の敵！」

叫びざま、竜之助がひき攣《つ》ったような顔をして刀を抜いた。すると、おゆきも懐剣を抜いて身構えた。

そのとき、隼人は縁側の脇を通って駆け寄ってくる江崎たち三人の姿を目の端にとらえた。

……やっと、来たか。

隼人も抜刀した。

すぐに、江崎たちが黒田たちの背後に迫ってきた。黒田たちは気付かないようだ。浜辺に打ち寄せる波の音で足音が聞こえないらしい。

「菅沼、小田切、われらが相手だ！」

江崎が声を上げた。黒田は隼人たちにまかせようとしたらしい。

その声で、黒田たちが後ろを振り返った。江崎たち三人が、すぐ後ろに迫っている。

一瞬、黒田、菅沼、小田切の三人は驚愕《きょうがく》に目を剥いて、その場につっ立った。江崎たちまで、姿を見せるとは思わなかったのだろう。

「菅沼、おれが相手だ！」

江崎が菅沼の前にまわり込んできた。

「おぬしの相手は、おれだ」

つづいて、横瀬川が小田切の前に立った。

「おのれ！」

菅沼が憤怒に顔をしかめて、切っ先を江崎にむけた。

「敵討ちに助太刀いたす」

隼人が声を上げ、手にした兼定を八相にとった。足場の悪い砂地では、そのまま斬り下ろせる八相の方が闘いやすいと踏んだのである。

おゆきと竜之助が走った。おゆきは、黒田の左手にまわり込み、竜之助は右手前方に立った。関口家の庭で稽古した位置をとったのである。

一方、天野はおゆきの右手にまわり込んだ。おゆきの身を守ろうとしたのである。

「皆殺しにしてくれるわ！」

黒田が射るような目で隼人を見つめながら叫んだ。

黒田は下段にとった。切っ先を足元に垂らした霞返しの構えである。

隼人と黒田の間合はおよそ四間。まだ斬撃の間合からは遠い。

ふたりは、八相と下段に構えたまま動かなかった。

夕映えのなかで、八相に構えた隼人の兼定と黒田の刀が血塗れたようにひかっている。

砂浜に打ち寄せる波音が、隼人の背を押すように背後から聞こえてきた。

「いくぞ！」

黒田が、爪先を這うようにさせて間合をつめ始めた。

ズッ、ズッ、と爪先が砂を分けて、迫ってくる。

おゆきは目をつり上げ、胸の前で懐剣を構えていた。必死の顔付きである。黒田の動きに合わせて、おゆきもすこしずつ間合をつめた。

一方、竜之助は八相に構えていた。すこし腰が浮いていたが、捨て身で斬り込んでいく気魄があった。

黒田が斬撃の間境に迫ってきた。覇気のない下段の構えだが、下から突き上げてくるような威圧がある。

……隙がある！

黒田の下段が低すぎるため、面や肩先に隙が見えた。だが、この隙は誘いである。

隼人は、先《せん》をとって、遠間から仕掛けよう、と思った。黒田の霞返しは速攻剣だった。太刀捌きの迅さでは太刀打ちできない、と隼人は読み、間合で霞返しを破ろうと思ったのである。

黒田が斬撃の間境の一歩手前に迫った。

突如、隼人が動いた。全身に斬撃の気をみなぎらせ、
イヤアッ！

裂帛の気合を発しざま、斬り込んだ。

八相から真っ向へ。

刀身が夕日を反射《はね》て、稲妻のような閃光がはしった。

間髪をいれず、黒田が反応した。

下段から逆袈裟に。

キーン、という甲高い金属音がひびき、二筋の閃光が跳ね返った。

真っ向と逆袈裟。ふたりの切っ先が合致して、弾き合ったのである。

刹那、黒田の体が躍り、切っ先が隼人の真っ向へはしった。

迅《はや》い！

霞返しの神速の返し技である。

咄嗟に、隼人は身を後ろに反らせたが間に合わなかった。着物の肩先が裂け、肌があらわになった。だが、肌まではとどいていない。遠間から仕掛けたため、黒田の切っ先がとどかなかったのだ。

隼人は大きく後ろに跳んで、黒田との間合をとった。

この間、おゆきと竜之助は凍りついたようにその場につっ立っていた。黒田の霞返しの太刀が迅く、踏み込むことができなかったのである。

「やるな」

黒田が隼人を睨むように見すえて言った。双眸が炯々《けいけい》とひかっている。

隼人の八相に構えた刀身が、かすかに震えていた。気が昂《たかぶ》り、体が顫えているのである。だが、恐怖や怯えはなかった。強敵と対峙したときの武者震いといっていい。

「次は、かわせぬぞ」

黒田が低い声で言って、ふたたび霞返しの下段にとった。


このとき、江崎は菅沼と対峙していた。

江崎は青眼、菅沼は八相である。ふたりの間合はおよそ三間半。江崎が爪先で砂を分けながら、間合をせばめていく。

江崎の切っ先は、ピタリと菅沼の喉元につけられていた。腰の据わったどっしりとした構えで、そのまま喉を突いてくるような迫力がある。

菅沼の八相も腰の据わった隙のない構えだった。菅沼は動かず、気を鎮めて江崎の斬撃の起こりをとらえようとしている。

ふいに、江崎の寄り身がとまった。一足一刀の斬撃の間境に右足がかかっている。江崎の全身に気勢が満ち、斬撃の気配がみなぎった。

ズッ、と江崎の爪先が伸びた。刹那、江崎の全身に斬撃の気がはしった。

タアッ！

トオッ！

ふたりの気合がほぼ同時にひびき、ふたりの体が躍動した。

江崎の切っ先が、青眼から袈裟に。

菅沼も八相から袈裟に。

袈裟と袈裟。ふたりの刀身が眼前ではじき合い、青火が散った。

次の瞬間、ふたりは背後に跳びながら二の太刀をふるった。一瞬の反応である。

江崎は敵の手元に突き込むように籠手《こて》をみまい、菅沼は刀身を横に払って胴をねらった。

ザクリ、と菅沼の右の前腕が裂け、血が噴いた。一方、菅沼の切っ先は空を切って流れた。一瞬、江崎の斬撃の方が迅かったのである。

菅沼が恐怖に顔をゆがめて後じさった。構えた刀身が揺れている。右腕を斬られ、構えられないのだ。

「逃さぬ！」

すかさず、江崎が踏み込みざま袈裟に斬り込んだ。

一瞬、菅沼は江崎の斬撃を受けようとして刀身を上げたが、間にあわなかった。

骨肉を切断するにぶい音がし、菅沼の首がかしいだ。次の瞬間、菅沼の首根から血が激しく飛び散った。江崎の一撃が、菅沼の首根をとらえたのである。

菅沼はよろめきながら腰から沈み込むように転倒した。

3

隼人は八相に構えたまま黒田と対峙していた。刀身を垂直に立て、両肘を高く上げて構えている。初太刀の斬撃を迅く、鋭くしようと思ったのである。

ズッ、ズッ、と砂を爪先で分けながら、黒田が間合をつめてきた。しだいに隼人との間合がせばまってくる。

そのとき、左手にいたおゆきが、ヤアッ！　という気合を発し、一歩踏み込んだ。怯えを払拭し、己を鼓舞しようとしたようだ。

右手前方にいた竜之助も、両足で砂を分けるようにして間合をつめていく。緊張と恐怖で顔がこわばっているが、双眸には強いひかりがあった。捨て身で斬り込んでくる気魄がある。

隼人と黒田との間合がせばまるにつれ、剣気が高まり、ふたりの全身に斬撃の気がみなぎってきた。

ふいに、黒田の寄り身がとまった。斬撃の間境の一歩手前だった。左手で、砂を踏む音がしたのだ。おゆきが、さらに一歩踏み込んだのである。

黒田はおゆきが踏み込んできたのを察知し、視線が流れた。

この一瞬の隙を隼人がとらえた。

イヤアッ！

裂帛の気合と同時に体が躍った。

踏み込みざま八相から真っ向へ。

間髪をいれず、黒田が反応した。下段から逆袈裟へ。

ふたりの刀身が眼前で合致し、とまった。刃と刃が食い込んだのである。

黒田は霞返しが遣えなかった。刀身の動きがとまり、返しの二の太刀がふるえなかったのだ。

ふたりの刀は静止したが、鍔迫《つばぜ》り合いにはならなかった。隼人が敵の刀身を押して後ろに跳びざま、二の太刀をはなったのだ。一瞬の反応である。

横に払った隼人の切っ先が、黒田の右手の甲をとらえた。ザクッ、と肉が裂けた。

一瞬、ひらいた傷口から白い骨が覗いたが、血が迸《ほとばし》り出て赤い布をあてがったように染まった。

「おのれ！」

黒田が憤怒に顔をゆがめ、斬り込もうとして刀を振り上げた。

そのとき、黒田の体が揺れた。手の傷と感情の高まりで体に力が入り、体勢がくずれたのである。

「おゆき、いまだ！」

隼人が叫んだ。

その声に、おゆきがはじかれたように踏み込んだ。

叫びざま、体ごと突き当たるような勢いで懐剣を突き出した。

「兄の敵！」

懐剣が、腕を上げた黒田の左腋に食い込んだ。

一瞬、黒田とおゆきは体を密着させたまま動きをとめたが、

「おのれ！　小娘」

叫びざま、黒田が左手でおゆきの肩をつかんで突き飛ばした。

アッ、と声を上げ、おゆきが後ろへよろめいた。

すかさず、黒田がおゆきの方に体をむけ、ふりかぶって斬り込んだ。

だが、この斬撃を天野がはじき返した。天野はおゆきとともに黒田の脇に身を寄せ

ていたのである。

斬撃をはじかれた黒田は後ろへよろめいた。

ヤアッ！

すかさず、竜之助が踏み込みざま黒田の側頭部に斬りつけた。たたきつけるような斬撃だった。

が、太刀筋が逸《そ》れ、切っ先が頭部ではなく、右の肩口をとらえた。鎖骨が砕け、深く食い込んでいる。

グワッ！　と、黒田が獣の吼《ほ》えるような呻き声を上げ、竜之助の方に体をむけた。全身血塗《ちまみ》れである。

黒田は刀身を振り上げ、なおも斬り込もうとしたが、腰がくだけ、沈み込むように転倒した。

砂地に伏臥《ふくが》した黒田は起き上がろうとして首をもたげ、手足を動かしたが、砂を掻き分けただけである。いっときすると、黒田はつっ伏し、砂に顔を埋めてしまった。なおも、黒田は四肢を痙攣《けいれん》させ、蟇《ひき》の鳴くような低い呻き声を上げたが、やがて動かなくなった。絶命したようである。白砂が、真っ赤に染まっている。

おゆきは蒼ざめた顔で目をつり上げ、何かに憑《つ》かれたような顔をして立っていた。

人を刺し殺した興奮が、おゆきの感情を麻痺させているのかもしれない。

天野は、おゆきに寄り添うように立っている。

竜之助は姉の脇に立ち、血塗れた刀身をひっ提げたまま目を剝いて、荒い息を吐いていた。

「おゆき、竜之助、兄の敵を討ったな」

隼人が、姉弟に歩を寄せて声をかけてやった。

すると、おゆきの顔からぬぐい取ったようにこわばった表情が消え、

「はい、長月さまや天野さまのお蔭です」

と、涙声で言った。

おゆきの胸に、兄の敵を討てた歓喜、隼人や天野に対する感謝、真剣勝負の恐怖……。様々な感情が衝き上げてきたのであろう。

竜之助も感極まった顔をして、姉の脇に立っていた。

隼人は横瀬川に目をやった。まだ、闘いは終わっていなかったのだ。

横瀬川と小田切は、相青眼に構えていた。横瀬川の肩先に血の色があった。一方、小田切の右の二の腕も血に染まっている。

……互角か。

隼人は、横瀬川のそばに走った。

「長月どの、手出し無用でござる」

横瀬川が言った。隼人の助太刀なしに小田切と勝負を決したいようだ。

「手出しはせぬ」

隼人は身を引いた。

「いくぞ！」

横瀬川が声を上げ、摺り足で間合をつめ始めた。

「おお！」

小田切も間合をつめてきた。

一気に、ふたりの間合がせばまり、切っ先が触れ合うほどに近付いた。すでに、一足一刀の間境に踏み込んでいる。

刹那、ふたりの全身に斬撃の気がはしった。ふたりは、ほぼ同時に鋭い気合とともに斬り込んだ。

青眼から踏み込みざま袈裟に。二筋の閃光がはしった。

甲高い金属音がひびき、ふたりの刀身が眼前で合致した。

動かない。鍔迫り合いである。

オリャァ！

獣の咆哮《ほうこう》のような気合を発し、小田切が刀身を強く押した。

刹那、横瀬川が右手に体を寄せざま、いなすように刀身を横に払った。小田切の押しを受け流したのである。

勢い余って、小田切が前に泳いだ。

「もらった！」

一声上げ、横瀬川が振りかぶりざま斬り下ろした。

にぶい骨音がし、小田切の頭頂から左耳にかけて、ザックリと割れた。柘榴《ざくろ》のように割れた傷口から、血と脳漿《のうしょう》が飛び散った。

小田切は、朽ち木が倒れるように転倒した。悲鳴も呻き声も聞こえなかった。即死である。砂地に横たわった小田切の頭部から血が流れ出、白砂を赤く染めていく。

隼人は江崎に目をやった。

江崎と菅沼の勝負は終わっていた。江崎の足元に菅沼が横たわっている。俯《うつぶ》せに倒れた菅沼は、ピクリとも動かなかった。全身が血に染まっている。

そのとき、背後から近寄る複数の足音がし、

「旦那ァ！　伊之助をお縄にしやしたぜ」

利助の声が聞こえた。

見ると、利助や繁吉たちが伊之助を取りかこむようにしてやってくる。伊之助には縄がかけられていた。利助たちが、屋敷内にいた伊之助を捕らえたようだ。

……始末が付いたな。

隼人が胸の内でつぶやいた。

いつの間にか、辺りは淡い夕闇につつまれていたが、西の空には残照がひろがり、砂浜に打ち寄せる白い波頭を赤く染めていた。

4

廊下を慌ただしそうに歩く足音がし、おたえが障子をあけた。

「旦那さま、旦那さま」

おたえが目を瞠《みは》り、声をひそめて言った。

隼人は居間に横になって居眠りをしていたのだが、

「どうした？」

と、身を起こして訊いた。

「天野さまと、おゆきさんがおみえです」

「天野とおゆきが……。どうしてふたりいっしょなのだ」

「わたしには、分かりません。おふたりに、お訊きになったら」

おたえが、意味ありそうな目で隼人を見ながら言った。

「ともかく、通してくれ」

隼人は立ち上がり、小袖の裾を伸ばしてから座りなおした。

すぐに、廊下を歩く足音がし、天野とおゆきが姿を見せた。おたえも座敷に入ってきたが、お茶を淹れましょう、と言い残し、そそくさと台所へむかった。

隼人はふたりが座るのを待ってから、

「ふたりそろって、何かあったのか」

と、訊いた。

「いや、何かあったわけではありません。長月さんもご存じと思いますが、竜之助が同心見習いに出仕することが決まりました。おゆきどのが、お礼に伺いたいというので、ついてきたわけです」

天野が照れたような顔をして言った。

「お奉行から話を聞いて知っているが、ともかくよかった」

五日前、隼人は事件の始末がついたことを報告するために筒井と役宅で会い、竜之助の同心見習いのことは聞いていた。

「これもみな、長月さまや天野さまのお蔭でございます」

おゆきは畳に両手を付き、深く頭を下げた。

顔を上げたおゆきは、おだやかな表情をしていた。兄の敵を討つ前までの思いつめたようなこわばった表情は消えていた。色白の顔には、娘らしいほのかな色気もある。

「いや、おれは何もしなかった。天野が自分のことのように心配し、剣術の稽古をみてくれたから黒田を討つことができたのだ」

そう言って、隼人は天野に目をむけた。

「い、いや、わたしは、ただ……」

天野が顔を赤くして口ごもった。

……天野は、おゆきに気があるのかな。

隼人がそう思ったとき、障子があいておたえが茶道具を持って入ってきた。

隼人や天野は口をつぐみ、おたえが茶を淹れるのを見ていた。

おたえは、粗茶ですが、と言って、三人の膝先に湯飲みを置いた。隼人はおたえが座敷から去ると思ったが、おたえはそのまま隼人の脇に膝を折った。そして、天野やおゆきに顔をむけている。どうやら、話にくわわるつもりらしい。

隼人は、おたえに座敷から出ろとも言えなかったので、

「ともかく、よかった。これで、関口家も安泰だな」

と、苦笑いを浮かべて言った。

「はい」

おたえは、嬉しそうな顔をして視線を膝先に落とした。

次に口をひらく者がなく、座敷が白々しい雰囲気につつまれたので、

「ところで、房太郎だが、風邪は治ったかな」

仕方なく、隼人は、どうでもいいことを話題にした。

「治ったようですよ。昨日、店を覗いてみたら、帳場に出てましたから」

天野が言った。

隼人たちが、芝の隠れ家から房太郎を助け出して七日過ぎていた。房太郎は助け出した夜に、吉崎屋へ帰ったのだ。

「芝の隠れ家だが、だれの屋敷なのだ」

隼人は、おたえやおゆきが聞いていても差し障りないことを話題にした。

「吉崎屋の先代が、隠居所に使っていた屋敷らしいですよ」

天野によると、吉崎屋の先代は八年ほど前に亡くなり、その後住む者がなかったので、高篠藩の家臣の町宿として使われていたという。吉崎屋は高篠藩と取引があったので、便宜をはかったらしい。ただ、屋敷が古くなって傷んできたので、三年ほど前から町宿としても使われなくなり、放置してあったそうである。

町宿というのは藩邸内に入れなくなった江戸勤番の藩士が、市中の借家などに住むことである。

「黒田は江戸勤番のおりに芝の隠居所に住んだことがあり、屋敷が放置されているのを知っていたようです。それで、隠れ家に使ったようですよ」

「そういうことか」

隼人は、膝先の湯飲みに手を伸ばした。

「長月さん、ひとつ分からないことがあるのですが」

天野が言い出した。

「なにかな」

「黒田たちと小田切のかかわりです。どういう、つながりです？」

「そのことか。……なに、たいしたことではないのだ。伊之助が吐いたのだがな。小田切、民造、伊之助の三人で、吉崎屋に脅しをかけた。ちょうど、その場に黒田たちが居合わせたのだ。黒田たちは、吉崎屋から金を借りようと思って立ち寄ったらしい」

そのとき、黒田は頭を下げて十両、二十両の金を都合してもらうより、倅の房太郎を人質にすれば、大金が手に入ると思いつき、小田切や民造たちに声をかけたらしいのだ。

「それにしても、大金だ。黒田たちは、どうして、千両もの金が入り用だったんですかね」

天野が訊いた。

「江崎どのから聞いたのだがな。……黒田と菅沼は、高篠藩の剣術指南役になることを諦めていなかったのではないかというのだ」

黒田と菅沼は、高篠藩の江戸家老や留守居役などに多額の賄賂《わいろ》を送り、勘定方の上役殺しを揉み消してもらい、ほとぼりが冷めたころ、剣術指南役に取り立ててもらおうとしたのではないかという。

「ですが、上役を殺して出奔した者たちを藩にもどすのは、むずかしいと思いますが」

天野が、首をひねった。

「その後、黒田たちと接触したことのある家臣が、江崎どのにそれとなく洩らしたようだが、黒田たちは、すぐに藩にもどろうとしたのではないらしい。とりあえず、江戸に剣術の道場を建てようとしたようだ。……それで、多額の金が必要だった。黒田たちは江戸で剣名を上げ、事件のことが忘れられたころ、指南役に取り立てられればいいと考えていたらしい」

隼人は、黒田たちを討ちとった数日後、江崎と会って、その後の藩内の様子を聞いていたのだ。

「そうですか」

天野は納得したようにうなずいた。

おたえは、隼人と天野のやり取りをつまらなそうな顔をして聞いていたが、ふたりの話がとぎれたとき、

「庄助から聞いたんですけど、吉崎屋の房太郎さんは、この秋にも祝言を挙げることになっていたそうですね」

と、訊いた。

「そのようだ」

「よかったこと。……お嫁さんになるお嬢さんもほっとされたでしょうね」

隼人は怪訝な顔をしておたえに目をむけた。急に、房太郎の祝言の話など持ち出したからである。

「うむ……」

「天野さま」

おたえが天野に目をむけて言った。

「天野さまも、そろそろなんでしょう」

「何の話です」

「ご祝言です、おふたりの」

おたえは、天野とおゆきに意味ありげな目をむけた。

「そ、そのような話は、まだ……」

天野が声をつまらせ、顔を赤くした。

脇に座していたおゆきの顔が、ポッと赤くなった。肩をすぼめて、視線を膝先に落としている。

隼人はあらためておたえに目をやり、

……女の勘は鋭い。

と、思った。

隼人も、天野とおゆきが連れ立って隼人の家に来たときから、ふたりは親密な仲らしい、と思ったが、隼人はこれまでの天野とおゆきのかかわりを知っていたからそう感じたのだ。そこへいくと、おたえは、今日ふたりの姿を見ただけで感じとったのである。

「おゆきさん、何かあったらお話しに来てくださいね。わたしも、おゆきさんと同じような立場ですから」

そう言って、おたえがおゆきの方にすこし膝を寄せた。どうやら、おたえの魂胆は、町方同心の妻同士で手を組もうということらしい。

「は、はい」

おゆきが、顔を上げてうなずいた。

本書は、ハルキ文庫（時代小説文庫）の書き下ろしです。

時代小説文庫
と 4-21

夕映《ゆうば》えの剣《けん》 八丁堀剣客同心《はっちょうぼりけんかくどうしん》

著者 鳥羽《とば》 亮《りょう》
2011年 6 月18日第一刷発行
2011年 6 月28日第二刷発行

発行者 角川春樹

発行所 株式会社 角川春樹事務所
〒102-0074 東京都千代田区九段南2-1-30 イタリア文化会館

電話 03(3263)5247[編集] 03(3263)5881[営業]

印刷・製本 中央精版印刷株式会社

フォーマット・デザイン&シンボルマーク 芦澤泰偉

ISBN978-4-7584-3564-2 C0193
http://www.kadokawaharuki.co.jp/[営業]
fanmail@kadokawaharuki.co.jp[編集] ご意見・ご感想をお寄せください。

書き下ろし **八朔《はっさく》の雪** みをつくし料理帖

高田 郁

料理だけが自分の仕合わせへの道筋と定めた上方生まれの澪。
幾多の困難に立ち向かいながらも作り上げる温かな料理と、
人々の人情が織りなす、連作時代小説の傑作ここに誕生！

書き下ろし **花散らしの雨** みをつくし料理帖

高田 郁

「つる家」がふきという少女を雇い入れてから、
登龍楼で「つる家」よりも先に同じ料理が供されることが続いた。
ある日澪は、ふきの不審な行動を目撃し……。待望の第2弾。

書き下ろし **想い雲** みをつくし料理帖

高田 郁

版元の坂村堂の料理人と会うことになった「つる家」の澪。
彼は天満一兆庵の若旦那・佐兵衛と共に働いていた富三だったのだ。
澪と芳は佐兵衛の行方を富三に聞くが——。シリーズ第3弾！

書き下ろし **今朝の春** みをつくし料理帖

高田 郁

伊勢屋の美緒に大奥奉公の話が持ち上がり、澪は包丁使いの
指南役を任されて——（第一話『花嫁御寮』）。巻き起こる難題を前に、
澪が生み出す渾身の料理とは!?　全四話を収録した大好評シリーズ第4弾！

さぶ

山本周五郎

人間の究極のすがたを求め続けた作家・山本周五郎の集大成。
「どうにもやるせなく哀しい、けれども同時に切ないまでに愛おしい」（巻末エッセイより）、
心震える物語。（エッセイ／高田郁、編・解説／竹添敦子）